新米女刑事

南　英男
Minami Hideo

文芸社文庫

目次

第一章　女刑事の卵

1

くしゃみが三度も出た。

連続だった。前夜、晩酌《ばんしゃく》をして、そのまま炬燵《こたつ》でうたた寝をしてしまったせいだろうか。まだ悪感《おかん》には見舞われていない。

風邪をひきかけているのか。

半沢一《はんざわはじめ》は、窓の外に目をやった。粉雪が舞っていた。なんとなく風情《ふぜい》がある。二月上旬のある朝だ。十時過ぎだった。

町田署の刑事課である。

五十二歳の半沢警部補は、同課強行犯《きょうこうはん》係の係長だ。七年前まで渋谷署の刑事課にいた。そのときは強行犯係の主任だった。

転属先で係長に格上げになったわけだが、年齢の割には出世は遅かった。だが、当の本人はいっこうに気にしていない。

一般的に刑事はせっかちだ。しかし、半沢は万事にスローモーである。常にゆったりと構え、めったなことでは物に動じない。

といっても、決して無能ではなかった。検挙件数は、いつも署内でトップだった。

半沢は職人肌の刑事だ。

DNA鑑定などの科学捜査を高く評価しながらも、長年培《つちか》ってきた職人的な勘や第六感も大事にしていた。犯罪捜査は、どこか職人仕事に似ている。自分の技《わざ》を頼りにして精魂《せいこん》を傾けないと、いい仕事はできない。こつこつと地道な努力を重ねれば、そのうち納得できる結果が出る。

半沢は〝職人刑事《デカ》〟と自称していた。

持論をちょくちょく職場で口にしているうちに、いつしか彼は部下たちから、親方と慕《した》われるようになった。そう呼ばれるたびに少々くすぐったくなるが、悪い気はしない。

東京都下にある町田市は人口約四十二万人のベッドタウンだ。

都心から二十キロも離れているが、駅前周辺は〝西の歌舞伎町《かぶきちょう》〟と呼ばれるほどの繁華街である。犯罪発生件数は少なくない。

半沢は身長百六十七センチだが、体重は七十八キロもある。高校と大学では柔道部に所属していた。五段の猛者《もさ》で、体型は小太りだ。丸顔である。やや奥目《おくめ》で、色は浅黒かった。だいぶ薄くなった頭髪は白髪《しらが》混《ま》じりだ。

半沢は視線を戻した。

六人の部下のうち五人は出払っている。自席でボールペンを走らせているのは、草《くさ》刈厚志《かりあつし》巡査部長だけだった。

草刈は三十三歳で、七カ月前に結婚したばかりだ。やんちゃ坊主がそのまま大人になったような感じで、筋肉が発達している。髪型は時代遅れのスポーツ刈りだった。ファッションも野暮《やぼ》ったいが、刑事としては見込みがある。

「草刈、風邪をひくなよ」

半沢は声をかけた。

「唐突《とうとつ》に何なんです？」

「まだ新婚カップルなんだから、夜中に裸になることも多いだろうが？」

「ええ、まあ。しかし、素肌と素肌をくっつけ合ってれば、どちらも体温を保《たも》っていられるんですよ」

「この野郎、のろけやがって！　罰《ばつ》として、なぞなぞに答えてもらうか」

「またですか。親父《おやじ》ギャグとなぞなぞ問題では、自分ら、大迷惑してるんです。もう勘弁してくださいよ」

草刈がぼやいた。

「こっちは、脳力アップのトレーニングをしてやってるんだ。少しはありがたく思えって」

「いつも、これだもんな」

「さて、問題だ。体に付いてる二つの果物《くだもの》は？」

「それ、前に出題されたな。あっ、思い出しました。桃でしょ？　つまり、腿《もも》ですよね？」

「草刈、頭がよくなったな。正解だ。ついでに、もう一問！　商品を売ったのに、お金を払わなきゃならないのはなあんだ？」

「えーと、何かな」

「頭をフル回転させてみろ。科学捜査に頼りきってると、直感が鈍《にぶ》るし、知力も落ちるぞ」

「くそっ、わからないな」

「諦《あきら》めが早過ぎるぞ。前にも言ったと思うが、刑事に最も必要なのは粘《ねば》りだ。粘って粘って粘り抜く。そうすれば、いつか必ず犯人《ホシ》を割り出せる。執念《しゅうねん》こそ、最大のパワーになるんだ」

「それは、こじつけでしょ？　本当にもう降参です」

「粘りが足りないな。なぞなぞの答えは釣り銭だ」

「なあんだ、お釣りか」

「体力維持も結構だが、脳力トレーニングを怠《おこた》るなよ」

半沢は軽口をたたいて、好みの渋い茶を啜《すす》った。

「親方、五日前に逮捕《パク》った強制性交（旧・強姦）未遂容疑の男の取り調べをこれからやろうと思ってるんですが、つき合ってもらえます？」

「まだ犯行を否認してるんだったな」

「そうなんですよ。鶴川《つるかわ》一丁目の被害者宅に遺留されてた体毛と検出された指紋《モン》で証拠固めは終わってるんですが、敵は自白《ウタ》おうとしないんです」

「確か容疑者は司法浪人生だったな？」

「ええ。新井賢次《あらいけんじ》は城北大の法学部を出てから、親の臑《すね》を齧《かじ》りながら、もう七年も……」

「二十九歳だったかな」

「ええ、そうです」

「先に取り調べを開始してくれ。後《あと》から行くよ」

「わかりました」

草刈が椅子《いす》から立ち上がり、刑事課を出ていった。

町田署の署員は、およそ六百人だ。新宿署に次ぐ大規模署だった。地上七階建てで、別館もあった。

フロアは署内の二階にある。取調室は刑事課の端に並んでいた。床続《ゆかつづ》きだが、事務フロアと取調室は通路で仕切られている。

二十代でつまずくとは、もったいない話だ。

半沢は自分の二人の息子の顔を思い浮かべながら、セブンスターに火を点けた。

長男の薫《かおる》は二十五歳で、外資系の石油会社に勤めている。入社と同時に世田谷区喜《き》多見《たみ》にある親許《おやもと》を離れ、代々木上原《よよぎうえはら》でアパート暮らしをしていた。

次男の望《のぞむ》は二十三歳だ。去年の三月に中堅私大を卒業し、いまは新百合丘《しんゆりがおか》にある映画専門学校に通っている。映像作家志望だった。将来はCMやプロモーション・ビデオを撮《と》りたいようだ。

息子にクリエイティブな才能があるのかどうか、父親の自分にはわからない。しかし、たった一度の人生である。倅《せがれ》たちには、悔《く》いの残らない生き方をしてほしいと思う。

半沢はゆったりと煙草《たばこ》を吹かしてから、朝刊に丹念に目を通した。事件や事故の報道から、さまざまな人間模様が透《す》けてくる。

刑事は犯罪そのものと向き合っているわけだが、その実、複数の人間と心理合戦を繰《く》り広げていると言ってもいい。

犯罪者はもちろん、その家族や友人たちは思惑《おもわく》、打算、愛情などから必ずしも事実を語らない。事件関係者の嘘《うそ》を一つずつ見抜くことが捜査の基本である。

そのためには、事を急《せ》いてはならない。結論を急いだら、ろくなことにはならないからだ。新聞報道から事件背景を想像する訓練は無駄にはならない。

半沢は三大全国紙を読んでから、おもむろに立ち上がった。

取調室3に入ると、草刈がスチールデスクを挟《はさ》んで容疑者の新井賢次と睨《にら》み合っていた。新井が犯行を認めた気配はうかがえない。

「進展なしです」

草刈が憮然《ぶぜん》とした顔で報告し、隅の机の前に移動した。

机の上には、ノートパソコンが載《の》っている。数年前まで供述調書は手書きだったが、いまはパソコン打ちだ。プリントアウトされた文字は読みやすいが、温《ぬく》もりが感じられない。犯罪者の苦悩や担当取調官の苦労も伝わってこない気がする。

「外は雪だよ」

半沢は言いながら、新井と向かい合った。被疑者は真面目《まじめ》そうな印象を与える。

「それがなんだと言うんですっ」

「喧嘩《けんか》腰だな。否認しつづけても、得なことはないぞ」

「ぼくは保科真弓《ほしなまゆみ》さんに交際を申し込む目的で彼女のワンルームマンションの部屋に強引に入っただけで、おかしなことは何もしてません」

「そうかな。それじゃ、教えてくれ。なんで被害者宅のベッドのそばに、きみのヘアが落ちてた？」

「それは……」

「頭髪だけしか採取されてないいんだったら、きみの言葉を信じてもいい。しかしね、シャギーマットの上にきみの陰毛まで落ちてたんだ。そのことをどう説明する？」

「それについては……」

新井がしどろもどろに答え、伏し目になった。半沢は、新井が二十四歳のＯＬをレイプしかけたと確信を深めた。刑事の勘だった。

人間は心に疚《やま》しさがあると、つい表情に出てしまう。強《したた》かな前科者は平然と嘘をついたりするが、それでも動作に何らかの変化が生まれるものだ。

「生身《なまみ》の人間は、誰も完全無欠じゃない。いろんな欲望に克《か》てないことだってあるさ。こういうストレス社会だから、誰もが道を踏み外す危険性を孕《はら》んでる」

「何が言いたいんです？」

「法の番人であるべき警察官、検事、裁判官、弁護士だって、罪を犯すケースは一例や二例じゃない。わたしは犯罪そのものは憎んでるが、加害者が心から罪を償《つぐな》えば、救いの途《みち》はあると考えてるんだ」

「道徳じみた話は聞きたくないな。ぼくは散歩中に会社帰りの保科さんをちょくちょく見かけるようになって、彼女のことを好きになったんです」

「だから、ストーカーみたいに被害者を連日のように自宅まで尾《つ》けたんだな？」

草刈が口を挟んだ。

「ぼくはストーカーなんかじゃないっ。相手を怖がらせたことは一度もないはずだ」

「被害者を薄気味悪がらせただけでも、法に触《ふ》れるんだよ」

「ぼくは彼女に恋してたんだ。厭《いや》がらせめいたことは何もしてないよ」

新井が大声で喚《わめ》き、両拳《りょうこぶし》で机を叩《たた》いた。草刈が気色《けしき》ばみ、中腰になった。

半沢は目顔《めがお》で草刈を制し、新井をなだめはじめた。

「ま、気を鎮《しず》めてくれ。煙草は喫《す》うんだったかな。セブンスターでよければ……」

「そんな手には引っかかりませんよ。ぼくは保科さんに彼氏がいないんだったら、つき合ってくれないかと言っただけです。断られましたけどね」

「被害者の話とだいぶ喰《く》い違いがあるな。被害者はきみに床《ゆか》に押し倒され、衣服を脱がされそうになったと言ってる」

「彼女はぼくを陥《おとしい》れて、示談金でもせしめたいんでしょう」

「往生際が悪いな。保科さんの悲鳴を聞きつけて被害者の部屋を覗《のぞ》いた隣室の女子大生がな、きみが慌《あわ》ててベルトを締めた瞬間を目撃してるんだ」

「えっ⁉」

「わたしにも、二十代の息子が二人いる。だから、きみのことは他人事《ひとごと》とは思えない。お父さんは大手家電メーカーの部長さんだったね？」

「親父のことは関係ないでしょ！」

新井が顔をしかめた。

「いいお父さんじゃないか。七年も、きみの夢の後押《あとお》しをしてくれてるんだってな。それだけ愛情が深いってことだよ」

「そういうことは、どうでもいいでしょ！」

「どんな人間にも欠点はある。それだから、過《あやま》ちは赦《ゆる》し合えるんじゃないのかな。世間体を考えて、自分の犯罪をごまかそうとするのは卑怯《ひきょう》だよ。どんなに頭がよくても、人間としては屑《くず》だな。一生、屑のままでいいのか？」

「だけど……」

「新井君、生き直せよ。まだ三十前なんだから、罪を償って再出発すべきだ。犯歴があると働き口を見つけるのに不利になるが、必ず理解者が周《まわ》りにいるもんさ。なんだったら、わたしが働き口を見つけてやってもいい」

「け、刑事さん……」

「きみがきちんと過去を清算したら、一杯奢《おご》るよ。だから、早く生まれ変われって」

半沢は穏《おだ》やかに言い諭《さと》した。

新井が長く唸《うな》って、天井を仰《あお》いだ。それきり口を噤《つぐ》んでしまった。

草刈が焦《じ》れて、何か口走りそうになった。半沢は、それを押し留《とど》めた。人間は不思議なもので何か迷っているときにせっつかれると、時にとんでもない反応を示したりする。こういう場合は気長に待つべきだろう。

十分ほど経《た》ったころ、新井が沈黙を破った。

「魔が差したんだと思います。ずっと禁欲的《ストイック》な生活をしてたので、おかしな気持ちになってしまったんです」

「ようやく犯行を認める気になったか」

「はい。保科さんには申し訳ないことをしたと深く反省してます。だけど、刑務所に入れられることになると考えると、なんだか絶望的な気持ちになってしまって、死んでも罪は認めちゃいけないと……」

「きみは被害者の心を傷つけたが、体まで穢《けが》したわけじゃない。レイプ未遂だったからな。裁判官だって、人の子だ。加害者が反省してることが伝われば、情状酌量《じょうじょうしゃくりょう》してくれるさ」

「どんな判決でも、素直に受け入れるつもりです。送致《そうち》される前に保科真弓さんに直《じか》に謝罪したいと思ってるんですが、許可してもらえますか?」

「被害者は、もう市内にはいないんだ。きのう、部屋を引き払って信州の実家に戻ったんだよ」

「ぼくが彼女の人生を変えてしまったんですね。なんてことをしてしまったのか」

新井が机に突っ伏して、子供のように泣きじゃくりはじめた。

半沢は新井の涙が涸《か》れるまで辛抱《しんぼう》強く待った。それから加害者の供述調書を草刈に取らせ、先に取調室を出た。

事件の加害者が犯行を自供したとき、きまって半沢は複雑な思いにとらわれる。事件が解決したことは、むろん喜ばしい。だが、被害者の心的外傷《トラウマ》は容易には消えないだろう。

殺人事件の被害者に至っては、もはや明日がない。故人を愛していた人々の悲しみは深いはずだ。

犯罪の加害者にしても、一生、重いものを背負わされる。彼らの身内も、それぞれ生きにくくなるにちがいない。いつものことながら、何か遣《や》り切れない気持ちになった。

半沢は自席に戻ると、新井を東京地検に送致する書類を揃《そろ》えた。

必要事項を記入し終えたとき、刑事課長の小杉信行《こすぎのぶゆき》警部が出入口から姿を見せた。

四十九歳の小杉はノンキャリアながら、四十代前半に課長職に就《つ》いた。いわば、出世頭だ。しかし、半沢は三つ若い上司が苦手だった。

自分よりも年下だからではない。小杉には、現場捜査員を軽く見る傾向があった。ことに高卒の叩き上げ刑事たちには冷ややかな接し方をしている。

それでいて、警察官僚《キャリア》たちには歯の浮くようなお世辞を平然と口にする。そうした陰日向《かげひなた》のある性格がどうにも好きになれなかった。

だからといって、小杉に厭味《いやみ》や当て擦《こす》りを言ったことはない。

人には、それぞれ生き方がある。自分の考えに合わないという理由だけで相手を遠ざけてしまっては、いかにも器《うつわ》が小さい。狭量だろう。

他人から学べることは多い。わざわざ他者を排斥《はいせき》したら、損ではないか。

小杉課長は、ショートヘアの若い女性を伴《ともな》っていた。

二十一、二歳だろうか。瞳《ひとみ》の大きな利発そうな娘だ。面立《おもだ》ちが売り出し中のアイドルに似ているが、肝心の芸名までは思い出せなかった。

「半沢警部補、ちょっと頼まれてほしいことがあるんだが……」

「なんなんです？」

半沢は、のっそりと椅子から立ち上がった。

「連れの娘さんは、府中の警察学校から刑事実習で来た伊織奈穂《いおりなほ》巡査だよ」

「そうですか」

「一カ月の研修期間中、あなたに指導係をお願いしたいんだ」

「適任者は、ほかにいるでしょ？　こっちは娘を育てたことがないから、若い女の子の扱いがよくわからないんですよ」

「とにかく、伊織巡査をあなたに預けるので、刑事の基本を叩き込んでやってほしいんだ」

「自信はありませんが、課長命令というんなら、引き受けましょう」

「命令ではありません。ま、お願いだね。三つも年上の部下に命令なんかしたら、相手を傷つけることになるからな」

「そういうお気遣《きづか》いは無用です。警察は階級社会なんですから、こっちも割り切ってます」

「そう。ところで、まだ新井は落ちてないのかな？」

「さきほど全面自供しました」

「さすがベテランだな」

「新井を完落ちさせたのは草刈です」

「また浪花節《なにわぶし》か」

小杉が口の端を歪《ゆが》めた。

「え？」

「半沢警部補は、よく自分の手柄を部下に譲ってる。そうやって、班をうまくまとめてるんでしょ？」

「今回は、本当に草刈が新井賢次を落としたんですよ。そうだ、これが送致書類です」

半沢は机の上から数通の書類を掴《つか》み上げ、小杉課長に手渡した。小杉が小さくうなずき、自分の席に足を向けた。

「強行犯係の係長さんですよね？」

奈穂が問いかけてきた。

「ごめん！　まだ名乗ってなかったな。半沢一《はじめ》だよ。一《はじめ》をいち、と別読みして、ここの鳩山《はとやま》署長なんかはこっちのことを一《いち》やんと呼んでる」

「親しみの籠《こ》った呼び方ですね」

「うん、まあ。立ち話もなんだから、あっちで話そうか」

半沢はそう言い、刑事課フロアのほぼ中央部に置かれたソファセットに研修生を導《みちび》いた。

奈穂は灰色のパンツスーツ姿だった。向かい合ってから、半沢はそのことに初めて気づいた。少々、上がっているようだ。

「何か飲む？」

「いいえ、結構です。町田署に遊びに来たわけではありませんから」

「そうだったな。きみは客じゃなかったんだ」

「はい」

奈穂がにっこりと笑った。愛くるしかった。

妻が最初に身籠った子は女だった。しかし、残念なことに流産してしまった。第一子は女の子が欲しいと考えていただけに、落胆したことはいまも憶《おぼ》えている。

「採用試験はI類だったのかな？」

半沢は訊《き》いた。警視庁警察官採用試験は最終学歴や年齢によって、I類からⅢ類まで分かれている。

「わたしはⅡ類をパスしたんです。都内の短大を出て、府中市朝日町にある警察学校の寮に入り、初任教養を修了しました」

「そう。職場実習を終えて、また警察学校で総合的な研修を受けたら、どこか所轄署に配属される」

「はい」

「そうなりゃ、もうプロだ。うちの署に回された研修生は、きみひとり？」

「男子がひとり、こちらの生活安全課でお世話になると聞いています。わたし、刑事をめざしてるんです」

「そうだとしても、すぐに刑事課に配属されることはないんだ。交番勤務や少年係を何年かやらされてから、昇進試験に通らなければならない。それから、刑事課に……」

「ええ、知ってます。わたし、少しでも早く刑事になりたいんです。ですので、手厳しく指導してください。お願いします」

「おれは積極的に点数稼いでるタイプじゃないから、たいした勉強にはならないと思うよ。職場でくだらない駄洒落《だじゃれ》ばかり連発して、部下たちに呆《あき》れられてるんだ」

「わたし、ユーモアのある方は大好きです」

「そう。それじゃ、遠慮なく親父ギャグを飛ばすか。ライオンが笑《わら》いおん！」

「あっ、ごめんなさい。笑い方が遅れちゃいました」

奈穂が一拍置いてから、早口で言った。

「ライスがないと、辛《つら》いっす！」

「それ、面白いですね」

「目が笑ってないよ。どん引《び》きかな？」

「いいえ、そんなことありません。わたし、かなり緊張しているんです。リラックスしてたら、大笑いしていたでしょう」

「無理するなって。生まれはどこなの？」

「国立《くにたち》市で生まれ育ちました。半沢係長のご出身は？」

「おれは千葉の鴨川《かもがわ》で育ったんだ。いまは世田谷区の喜多見のちっこい建売住宅で暮らしてるけどね」

「でも、いいじゃないですか。都内の二十三区に住んでらっしゃるんですから。わたしは都下《とか》っ子だから、ちょっとコンプレックスがあるんです」

「都下っ子なんて言葉、初めて聞いたな」

「短大時代の友達の造語なんです。その娘《こ》は神田生まれなんですけど、彼女に言わせると、山手線の内側で生まれ育った人たちだけが東京っ子で、外側生まれは準東京っ子なんですって。それで、国立、八王子、多摩、町田育ちなんかは都下っ子だというんですよ」

「江戸っ子ぶった厭《いや》な娘だな。逮捕しちゃえ、逮捕しちゃえ！」

「失礼ですよね」

「ああ。三代続いた江戸っ子なんて、都民の二割もいないだろう。いまや東京は地方出身者やその子孫が多数派なんだから、妙な引け目を感じることはないよ」

「わたしも、そう思います」

「今度、その友人が生意気なことを言ったら、プリンが知らんぷりーんとやり返してやれよ」

「あっ、またリアクションが遅れてしまいました。次こそ、すぐ笑うつもりだったのですけど」

「いいの、いいの。どうせ芸のない親父ギャグなんだから」

半沢は照れ隠しに煙草をくわえた。親子以上に年齢差のある娘とどう接すればいいのか。共通の話題がない。

半沢は戸惑《とまど》いながらも、何か若やいだ気分になっていた。殺風景な職場が少しは華《はな》やぐかもしれない。

半沢は頰を綻《ほころ》ばせ、煙草を深く喫《す》いつけた。

2

溜息《ためいき》が出そうになった。

奈穂は慌てて息を詰めた。目の前にいる半沢係長は腕を組んだまま、ずっと押し黙っている。担当の研修生が女子だったので、だいぶ困惑している様子だ。

自分も、指導係が親父ギャグ好きの五十男だとは想像もしていなかった。面喰《めんく》らっていることは確かだ。

奈穂はコーヒーテーブルの一点を見つめた。

「身内に警察関係者はいるのかな？」

半沢が問いかけてきた。

「はい、ひとりいます。母方の叔父が警察庁の警備局にいます」

「キャリアのお偉いさんか」

「ええ、一応。叔父の職階は警視正のはずですけど、それほど高いポストに就いてるわけではないと思います」

「お名前は？」

「緒方努《おがたつとむ》です。四十三歳だったと思います」

「そう。キャリアの方たちとはほとんどつき合いがないんで、きみの叔父さんは存じ上げないな」

「そうですか。叔父は警察官僚ということになりますけど、ちっとも偉ぶってないんです。大学のときは落研《おちけん》にいたぐらいですから、根は庶民派なんです」

「その叔父さんの影響で、警官をめざす気になったの？」

「いいえ、そうではありません。個人的なことで、刑事になりたいと思うようになったんです」

奈穂は具体的なことは言わなかった。

彼女は幼稚園児のころから自我が強かった。何よりも画一《かくいつ》を嫌い、幼稚園の制服にも勝手にワッペンを飾ってしまった。

　他人と同じことをすると、なぜだか気持ちが落ち着かなくなる。自分が自分でなくなるような強迫観念さえ覚えてしまう。集団生活では協調性や結束を求められる。奈穂は、どうしてもそういう規律に馴染《なじ》めなかった。周囲の友達に迷惑さえかけなければ、個性的な生き方をしてもいいのではないか。

　幼稚園児のころから浮いた存在だった奈穂は小学校に入ると、いじめの対象にされた。上履《うわば》きやランドセルを隠されたことは数え切れない。給食のパンやおかずに砂をまぶされたこともある。

　そうした陰湿な意地悪をされても、奈穂は絶対に泣かなかった。それが級友たちには憎らしく映ったようで、いじめは一段とエスカレートした。

　それでも、奈穂は逃げなかった。堂々と教室に顔を出し、平然と授業を受けた。

　中学生になっても、奈穂はクラスメートから疎《うと》まれた。他人に媚《こ》びたり、迎合《げいごう》することを病的に嫌いつづけたせいだろう。

　その結果、奈穂は教室で孤立してしまった。言葉の暴力を浴びせられ、悪質な厭がらせもされた。我慢にも限界がある。

　奈穂は時々、怒りを爆発させた。すると、級友たちは面白がって、さらに奈穂を嬲《なぶ》った。クラス担任は見て見ぬ振りをして、注意さえしなかった。

中学二年生の秋のことだった。ある日の昼休み、奈穂はクラスの男子生徒に頭からバケツの水をぶっかけられた。昼食を摂《と》っている最中だった。

さすがに悔《くや》し涙がにじんだ。席を立とうとしたとき、隣のクラスで疎外《そがい》されている少女が駆け込んできた。彼女はバケツを手にした男子生徒に走り寄り、喉元《のどもと》に彫刻刀の切っ先を突きつけた。それだけではなかった。

鬼気迫《ききせま》る形相《ぎょうそう》で相手を詰《なじ》り、股間《こかん》に膝蹴《ひざげ》りを入れた。相手はその場にうずくまり、まったく反撃しなかった。その翌日から、いじめはぴたりと熄《や》んだ。奈穂は自然と自分を庇《かば》ってくれた少女と親しくなった。

彼女は家庭環境が複雑で、非行を重ねていた。といっても、非行少女グループのメンバーではなかった。いつも独《ひと》りで行動していた。

その彼女が行方不明になったのは、中学三年生の夏休みだった。何か犯罪に巻き込まれた可能性があったが、いまも彼女の安否《あんぴ》はわからない。

奈穂にとっては、いわば恩人である。自分なりに懸命に行方を追ってみた。しかし、捜査の素人《しろうと》には何も手がかりは摑めなかった。このままでは、いつまでも借りを返せない。

奈穂は刑事になって、失踪中《しっそうちゅう》の恩人の消息を摑む気になった。といっても、すんなりと決意したわけではない。

奈穂の父の利晴《としはる》は、JR国立駅の近くにある洋菓子店『セボン』のオーナー・パティシエだ。母の美和《みわ》は販売を受け持っていた。店舗付き住宅は三階建てで、二階と三階は居住スペースになっている。

奈穂はひとりっ子だった。短大を卒業したら、洋菓子専門学校に一年間通い、父の同業者のケーキショップで、数年間は修業をすることになっていた。そして、行く行くは父の店を継《つ》ぐ予定だった。

両親も、それを望んでいた。奈穂は思い悩んだ末、父母に進路を変えたいと相談を持ちかけた。両親は揃って落胆の色を浮かべた。

二人は、娘が急に警察官をめざす気になった理由を知りたがった。当然だろう。奈穂は、失踪中の恩人を自分が見つけ出したいからだとは打ち明けられなかった。

発想が子供じみていると思われたくなかったからだけではない。自分が〝いじめられっ子〟だったことを明かして、両親を悲しませたくないという思いがあったのだ。

奈穂は、予《あらかじ》め敷かれた人生のレールに乗ることにためらいを感じはじめているとだけ打ち明けた。父母は寂しげに笑いながらも、反対はしなかった。昔から両親は子供の意思を尊重してくれていた。

そんな経緯《いきさつ》があって、奈穂は去年の春に全寮制の警察学校に入ったのである。彼女は警察官を志望したときから、親には内緒で合気道《あいきどう》を習ってきた。いまや二段だ。

「おれは警察官になれれば、喰いっぱぐれがないと思ったんだよ」

「それだけではないんですよね？」

「うん、まあ。しかし、志望理由をいちいち他人に話すことではないからな」

「ええ、そうですね」

「いろんな警官がいるよ。親が殉職警官だった奴もいれば、犯罪と闘いたいという熱血漢もいる。志願した動機はどうであれ、血税を無駄遣《づか》いしないことが大事なんだろうな」

「同感です。半沢係長、刑事にとって何が最も重要なのでしょう？」

「いろんな考えがあるんだろうが、こっちは忍耐と努力の両方が大事だと思ってる。どんな事件にも、複雑な人間関係が絡《から》んでることが多い」

半沢が言って、セブンスターに火を点けた。

「そうでしょうね」

「昔から犯罪の三大動機は色欲、金銭欲、怨恨《えんこん》と言われてきたが、最近は欧米型の犯罪が多くなった。しかも要素が単一じゃなくなってる。劇場型の犯罪も増えたし、通り魔的な凶行も少なくない」

「現代人は、それだけストレスを溜め込んでいるのでしょうか？」

「そうなんだろうな。借金国家の行く末には、それほど明るい展望は期待できないじゃないか。事実、年金は破綻《はたん》しかけてるし、少子化が強まれば、上向きかけてると言われてる景気もまた低迷するだろう」

「ええ、そうでしょうね」

奈穂は相槌《あいづち》を打った。

「別に昭和時代を懐かしむわけではないが、高度成長以来、日本人は物質的な豊かさを追い求めすぎたのかもしれないな。物がない時代、人間は知恵を絞ったもんなんだ。たとえば、おれがガキのころは着古した浴衣《ゆかた》は赤ん坊のおしめになり、その後は雑巾《ぞうきん》になったりしたんだよ」

「いまは紙おむつを使ってますよね、だいたい」

「そうだな。安くて便利な商品が次々に生まれてるからね」

「バブル経済が崩壊してから物質社会に背を向けて、スローな暮らしをする人たちも多くなったようですよ」

「みたいだね。市場経済は富の二極化を招いたから、物品を追うことに疑問を感じる層は今後増えそうだな」

「確かに平成のころから、社会の閉塞感《へいそくかん》は強まってますよね。ですけど、安易に罪を犯す人間は赦せませんよ。社会のルールは、きちんと守らなきゃ」

「きみの正論にケチをつける気はないが、物事を杓子定規《しゃくしじょうぎ》に捉えても、犯罪は少なくならない。もちろん犯罪を認める気はないが、さまざまな理由で法の向こう側に飛び込んでしまった連中の大半は、ごく普通の市民だったんだよ」

「ええ、そうだったんでしょうね。でも、彼らは理性で欲望や感情を抑《おさ》えられなかった愚《おろ》か者ではないでしょうか？」

「そんなふうに斬《き》って捨てるような言い方は感心しないな」

「いけませんか？」

「おれたちだって、取り締まられる側と同じ人間なんだ。聖人君子なんかじゃない。狡《ずる》さも弱さも持ってる」

「ええ、それはその通りだと思います」

「だから、犯罪者の心の痛みや負《ふ》の感情をできるだけ理解することが大切なんだよ。刑事の仕事はたくさんの罪人を検挙《アゲ》ることじゃない。犯罪者がなぜ歪《ゆが》んだ考えを持ったかを分析し、そいつに更生のチャンスを与えることなんだよ」

半沢が熱っぽく説《と》いた。

「ちょっと生意気なことを言わせてもらってもいいですか？」

「いいとも。言いたいことを無理して肚《はら》の中にしまっておくと、精神衛生によくないからな」

「そうですね。係長がおっしゃっていることは少し青臭いというか、理想論に聞こえてしまいます。わたし、性悪説《せいあくせつ》を支持しているんですよ。人間は本来、悪意の塊《かたまり》とさえ思っています」

「若いのに、哀《かな》しいことを言うんだな」

「具体的なことは言いたくありませんけど、わたし、子供のころから人間の醜《みにく》い面を厭というほど見てきました。ですので、とても性善説なんか信じられません。人間は誰かが歯止めをかけてやらないと、どんどん堕落《だらく》していく動物なんだと思います」

「それだから、犯罪者を刑務所に送り込むべきだと言いたいわけか」

「悪いことをした連中は服役させて、辛い思いをさせるべきです。刑務所暮らしは想像以上に過酷でしょうから」

「だがね、いったん仮出所した奴が何か事件を起こして、刑務所に逆戻りするケースが少なくないんだ。累犯率《るいはんりつ》は四十パーセントを超えてるんだよ」

「それでは、服役は必ずしも犯罪の抑止《よくし》にはなっていないんですね」

　奈穂は低く呟《つぶや》いた。

「そうなんだよ。厳しく犯罪者を懲《こ》らしめるだけじゃ、逆効果なんだ」

「といって、彼らを甘やかしたら、もっと悪い結果になるのではありませんか」

「それは、そうだろうな。だから、罪を犯した者を心から反省させなきゃいけないんだよ」

「それは保護観察官や保護司の仕事なのではないでしょうか？」

「いや、彼らだけに任せるのは狭いよ。警察官も犯罪者を改心させるべきだな。単に悪人を取っ捕《つか》まえるだけじゃ、職務を全《まっと》うしたことにはならない」

「半沢係長は、性善説の信奉者《しんぼうしゃ》なんですね」

「そう思ってもらってもいいよ。人間同士、やっぱり信じ合いたいじゃないか。人の心ってやつは、決して不変じゃない。たえず揺れ動いてるし、移ろいやすいものだ。恋愛感情や友情だって、永続的に変わらないものじゃない。だからこそ、何か一点ぐらいは他人同士が信頼し合えるものが欲しいじゃないか」

「たとえば、誓い合った約束はきちんと守り通すとか？」

「そうだな」

「係長は、五十代ですよね？」

「五十二だよ」

「でも、精神的にはわたしなんかよりも、はるかに若いと思います」

「おれは子供っぽいのかもしれない。それはそうと、さっきからなんか落ち着かないんだよ。というよりも、物足りないんだ」

「ギャグを飛ばしたいんですね？」

「そう！　きみは、いい刑事になりそうだ。他人《ひと》の心を読めるからな」

「言うことが、ちょっとオーバーなんじゃないかしら？」

「鹿が叱《しか》られちゃったな」

「座蒲団《ざぶとん》二枚！」

「いい間合《まあ》いだったよ。すっきりしたところで、トイレですっきりしてくるか」

半沢がソファから立ち上がり、手洗いに立った。

指導係は好人物なのだろう。スルメのように噛《か》んでいるうちに、味が出てきそうだ。

奈穂は背凭《せもた》れに上体を預け、脚《あし》を組んだ。

そのすぐ後《あと》、刑事課の出入口から若い男が室内を覗き込んだ。

警察学校の同期生の神林真吾《かんばやししんご》だった。神林は私立の工業大学を三年で中退し、奈穂と同時期に採用試験に通り、警察学校で机を並べている。一歳年上だった。

目が合うと、神林が手招きした。奈穂はさりげなく腰を浮かせ、刑事課の前の廊下に出た。

「生活安全課の雰囲気はどう？」

「割に居心地はいいんだけど、指導係が体育会系で命令口調なんだよ。まだ三十代前半だと思うけど、なんか態度が横柄でな」

「ふうん」

「うっかりタメ口《ぐち》きいたらさ、マジで睨みつけてきた。やりにくいよ。おまえのほうはどうなの？」

「神林君、気安くおまえなんて呼ばないでよ。わたし、彼女じゃないんだから。学校でも前に注意したはずだけどな」

「そうだったっけ？　ま、いいじゃねえか。伊織はおれより一つ年下なんだしさ。それに、そっちだって、年上のおれを君《くん》づけで呼んでるだろうが。お相子《あいこ》、お相子！」

「調子いいんだから」

「まあ、まあ！　それより、おまえの指導係はどうなの？」

「ほら、またおまえと言った。いい加減にして！」

「いっけねえ」

神林がおどけて自分の額を叩いた。人柄は悪くないのだが、どこか神経がラフだ。容姿も奈穂の好みではない。

「わたしの指導係は親父ギャグばかり飛ばしてるの」

奈穂は、半沢のことを詳《くわ》しく語った。

「その半沢警部補は署内一の敏腕刑事らしいぞ。生安課の人たちがそう言ってた」

「えっ、そうなの。意外だな。人は見かけによらないって言うけど……」

「伊織の指導係は刑事も捜査の職人だと考えてるらしいんだ。それで、部下たちには親方って愛称で呼ばれてるそうだぜ」

「親方か。確かに、そんな感じね」

「けど、軽く見ないほうがいいぞ。外見はもっさりしてても、こと捜査になったら、剃刀《かみそり》みたいにシャープになるらしいんだよ。それでいて、人情味があるんだってさ」

「ふうん」

「おまえ、いや、伊織はいい指導員に恵まれたよ」

「そうかな。いまんとこ、ハズレだと思ってたんだけど」

「罰《ばち》が当たるぞ、そんなことを言ってると。それはそうと、寮に戻る前に駅のそばにあるジャズバーに寄っていかない？　『コルトレーン』って店で、いい雰囲気らしいんだ。玉川学園に住んでる友達が、その店の常連なんだよ。朝の五時まで営業してるって話だから、ビル・エヴァンスやチャーリー・パーカーを聴《き》きながら、盛り上がろう」

「神林君、何を言ってるのよ⁉」

「おまえ、好きな男はいないって言ってただろ？　とりあえず、おれが彼氏になってやるよ。若い女なんだから、彼氏のひとりや二人いなくちゃな」

「結構です」

「おれのこと、嫌いなのか？」

「好きでも嫌いでもないわ。だって、神林君はただの同期生だもん」

奈穂は言い放って、刑事課の中に戻った。

3

出前のカツ丼を掻《か》っ込み終えた。

半沢は湯呑《の》み茶碗を掴んだ。だが、もう茶は入っていなかった。

かたわらでは、研修生の奈穂がミックスサンドイッチを少しずつ食べている。缶コーヒーとサンドイッチは、数十分前に近くのコンビニエンスストアで買ってきたものだ。

「おい、研修生!」

向かいの席で力《ちから》うどんを食べていた草刈が急に箸《はし》を休め、斜め前に坐った奈穂を睨《ね》めつけた。

「はい、なんでしょう?」

「ちょっとは気を利かせろや」

「はあ?」

「親方はお茶を飲みたいんだよ」

「お茶汲《く》みは研修生がやる決まりになっているんですか?」

「別にそういうルールがあるわけじゃないが、これまでの研修生は全員、進んで茶やコーヒーを淹《い》れてくれたな」

「そうなんですか」

「研修の第一歩は、お茶汲みとコピー取りと昔から相場が決まってるんだ。まずは誰が日本茶好《ごの》みかコーヒー党かを覚える。濃さの加減にも気を遣《つか》う。うちの親方は、濃い緑茶が好きなんだよ」

「わかりました」

「おい、それだけかよっ」

「え？」

「のんびりサンドイッチなんか喰ってないで、早く茶を淹れろって」

「まだ初日なんだ。あんまりいじめるな」

半沢は見かねて、草刈に言った。

「親方、最初が肝心でしょ？」

「それはそうだが、茶ぐらい自分で淹れるさ」

「わたしが淹れてきます」

奈穂が硬い声で言って、すっくと立ち上がった。

すぐに彼女は半沢の湯呑みを手に取り、窓際のワゴンに歩み寄った。ワゴンの上には、三つのポットとコーヒーメーカーが載っている。茶筒は二つだった。

「研修生が女の子だからって、甘やかしちゃ駄目ですよ」

草刈が小声で言った。

「別段、甘やかしちゃいない。ただ、困惑してるんだよ。そばに伊織巡査がいるだけで、なんかいつもと調子が違うんだ。普段なら、のんびりと昼飯を喰ってるのに、自分でも驚くほどの早喰《ぐ》いだった。それに、爪楊枝《つまようじ》で歯をせせることもできなかった」

「伊織は小娘だけど、一応、女ですからね。異性に嫌われるようなことはしたくないって心理が働いたんでしょ?」

「そうなんだろうか」

「親方も、まだ男の色気を失ってないってことですよ。それはそうと、例のレイプ未遂男、親方のことは一生忘れないと感謝してました」

「そうか。あいつは、もう二度とつまらない事件は起こさないだろう」

「そこまでわかります?」

「わかるさ。三十年近く刑事をやってるからな」

「さすが名刑事だ」

「おれをからかうと、また、なぞなぞを解《と》かせるぞ」

半沢は言って、煙草をくわえた。草刈が首を縮め、力うどんを啜《すす》り込んだ。

ゆったりと一服していると、盆を持った奈穂が摺《す》り足で近づいてきた。盆には、二つの湯呑み茶碗が載っている。片方は半沢のものだった。

「どうも気が利かなくて、すみませんでした」

奈穂は先に半沢の湯呑みを机の上に置き、大きく回り込んだ。残りの茶碗を見て、草刈が眉根《まゆね》を寄せた。

「その湯呑みは小杉課長のものだぞ」

「えっ、そうなんですか⁉」

「おれのは、信玄鮨《しんげんずし》って店名の入ったでっかい茶碗だよ」

「すぐに淹れ替えてきます」

「いいよ、もう」

「ごめんなさい。次は間違えないよう気をつけます」

奈穂が詫《わ》び、ワゴンのある場所に引き返していった。

「草刈、女の子には優しくしないとな」

「おれ、女警《じょけい》になりたがるような娘《こ》は苦手なんですよ。女のくせに、権力や権威を欲しがるタイプが多いでしょ？」

「今度の研修生は、もっと純な娘《こ》だよ。擦《す》れてないお嬢《じょう》なんだと思う」

「そうですかね」

草刈は何か言いたげだったが、口を引き結んだ。

半沢は、奈穂が淹れてくれた緑茶を飲んだ。渋めで、熱さも丁度よかった。短くなったセブンスターの火を消したとき、課長席の警察電話が鳴った。指令室からの事件発生の連絡だろう。

「半沢係長、ちょっと来てくれないか」

小杉課長が受話器を置き、大声で呼んだ。

半沢は掛け声とともに立ち上がり、蟹股《がにまた》で課長の席に向かった。

「金森《かなもり》郵便局手前の歩道橋の階段の上から若い男がスポーツキャップを被《かぶ》った奴に突き落とされて、首の骨を折って死んだ」

「事件発生時刻は？」

「午後一時七分前後だ。本庁機動捜査隊の連中は、間もなく現場《げんじょう》に到着するらしい。現場は金森五七〇の一で、町田街道に架《か》かった歩道橋だ」

「わかりました。草刈とただちに臨場します」

「いや、草刈じゃなく、伊織巡査を連れてってくれないか」

「研修生をですか⁉　まだ初日でしょ？　それに犯行《ヤマ》は傷害や窃盗じゃなく、殺人《コロシ》なんですよ」

「わかってる、わかってるさ。しかし、伊織巡査の叔父は警察庁《サッチョウ》の有資格者《キャリア》なんだ。

お茶汲みやコピー取りばかりさせるわけにはいかないだろうが」

「追い追い捜査の基本を教えるつもりでいたんですがね」

「しかし、研修期間はわずか一カ月なんだ。悠長《ゆうちょう》に構えてたら、あっという間に時間が流れてしまう」

「彼女だけ特別扱いするのは問題ですよ。あの娘《こ》の叔父から何か言われたんですか？」

「別に圧力《アツ》があったわけじゃない。わたしの判断さ。何か気に入らないんだったら、草刈と研修生を現場に向かわせてもかまわないが……」

　小杉が言った。

「指導係を任されたのは、こっちです。わたしが伊織巡査と臨場します」

「そう。よろしく頼む！」

「研修生が警察官僚の姪《めい》だからって、甘やかしませんよ」

「指導のやり方についてまで、あれこれ口を挟む気はない。そちらが思うようにやってくれ」

「そうさせてもらいます」

　半沢は軽く一礼し、目で奈穂の姿を探した。

　奈穂は自分の席について、缶コーヒーを傾けていた。

　半沢は踵《きびす》を返した。奈穂の肩を軽く叩き、先に刑事課を出る。廊下にたたずんでいると、待つほどもなく奈穂がやってきた。

半沢は手短に経過を伝えた。すぐに奈穂が円《つぶ》らな瞳を輝かせた。

「初日から現場実習をさせてもらえるなんて、好運です」

「浮かれるな。おれの指示に従ってくれ。勝手なことをしたら、課長がなんと言おうが、おれは指導係をオリるからな」

「はい、わかりました」

「それじゃ、行こう」

半沢は奈穂を促《うなが》して、先に一階に降りた。交通課の脇を抜け、七階建ての署の裏手の駐車場に急ぐ。表玄関前にある駐車場は主に外部の者が使っていた。

半沢は覆面パトカーの助手席に奈穂を坐らせ、急いで運転席に入った。グレイのスカイラインだった。

奈穂が無線機やコンピューターの端末を興味深げに眺めている。半沢は使い方を簡単に教え、スカイラインを発進させた。

署は鎌倉街道に面している。郵便局や体育館が並びにあるが、市の中心部の小田急線町田駅や横浜線町田駅からは数キロ奥まった場所にあった。

駐車場を出ると、署の前で右折した。鎌倉街道を数百メートル進み、旭町《あさひまち》交差点を左に曲がる。左角にある『ロイヤルホスト』の先で、屋根《ルーフ》に赤色灯を装着させた。

町田街道を横浜方面に進むと、ほどなく右手に旧市役所の跡地にできた芝生広場が見えてきた。そのすぐ先に小田急線の跨線橋《こせんきょう》がある。

町田駅は数百メートル右手だ。小田急デパートの二、三階部分が駅になっている。JR横浜線町田駅は数百メートル先にあり、二つの駅は連絡通路で結ばれていた。雨に濡《ぬ》れることはない。

横浜線町田駅のそばには東急、東急ハンズ、丸井などが並び、銀行やオフィスビルも多い。二つの駅周辺には、夥《おびただ》しい数の商店や飲食店がある。わざわざ新宿や渋谷まで出かけなくても、ショッピングや飲食は充分に愉《たの》しめる街だ。

スカイラインは跨線橋を渡り、道なりに町田街道を進んだ。町田街道と成瀬《なるせ》街道が交差している三塚《みつづか》交差点を通過して数分後、目的の事件現場に着いた。

金森歩道橋の前後には、すでに本庁機動捜査隊の車、鑑識車、パトカーが連《つら》なっていた。沿道には、野次馬《やじうま》が群れている。雪はちらついていたが、積もるほどではなかった。

半沢は覆面パトカーを歩道橋のほぼ真下に停めた。急いで奈穂とスカイラインを降りる。

「遺体は、もう司法解剖に回されたのでしょうか」

研修生がいっぱしの台詞《せりふ》を口にした。思わず半沢は笑ってしまった。

「わたし、おかしなことを言いました？」

「背伸びをするなって。一人前の振りをしたって、どうせすぐに化けの皮が剝《は》がれてしまうんだから」

「どう言えばよかったんでしょう？」

「遺体が見当たりませんね。そう言うべきだったな」

「わかりました」

奈穂が素直に応じた。

「きみは、ここで現場検証の見学をしててくれ」

「はい。係長はどうされるんですか？」

「機捜《きそう》から捜査情報を仕入れてくる」

半沢は奈穂に言い、ガードレールを跨《また》いだ。

歩道橋の昇降口付近には、まだ五人の鑑識係の姿が見えた。すでに鑑識作業は終わっていた。鑑識係たちの近くに、機動捜査隊の山根光夫《やまねみつお》警部が立っていた。四十代後半で、顔見知りだ。

「また、お世話になります」

半沢は本庁の捜査員に敬意を払った。

「ご苦労さま！　遺体《ホトケ》さんは、ほんの少し前にいったん署に搬送《はんそう》されました。鑑識作業と予備検視が終わったんでね。署での本格的な検視後に司法解剖されるはずです」

「司法解剖は、三鷹の杏林《きょうりん》大学の法医学教室で行われるんですね？」

「そうです」

山根が大きくうなずいた。かつて二十三区で発生した殺人事件の被害者の司法解剖は東大か慶応大に限られていたが、いまは東京都監察医務院が司法解剖を担《にな》っている。都下の場合は、慈恵会医大か杏林大学の法医学教室が担当していた。

「早速ですが、被害者の名前から教えてください」

「死んだのは、町田市玉川学園二丁目十×番地のフリーター、赤木健太《あかぎけんた》、二十七歳です」

「独身だったのかな？」

半沢は問いながら、被害者の氏名と住所を手帳に書き留《と》めた。

「ええ、そうです。親の家で暮らしながら、気が向いたときにビル掃除とかレストランの皿洗いなんかしてたようだな。父親が手広く事業をやってて、経済的には恵まれてたみたいですよ」

「最近は三十代のフリーターも多くなってるようだから、家が裕福なら、二十代のうちは定職を持たなくてもいいやと考えてたんだろうな」

「ええ、多分ね。それに、赤木は精神が不安定だったようだから、ちゃんとした会社には就職できなかったんでしょう」

「どういうことなんです？」

「赤木健太は三年近く前の三月の深夜、多摩市永山《ながやま》で飲酒運転による人身事故を起こしてるんです。その事故のことは新聞を読んで強く印象に残ってるんですよ。赤木は横断歩道の信号を無視して、ＲＶ車で歩行中の男性二人を轢《ひ》き殺してしまったんです。緊急逮捕されたときは自分の名前も満足に言えないほど泥酔してたようですね」

「二人も撥《は》ねて死なせたわけだから、当然、交通刑務所に送られたんでしょ？」

「そうはならなかったんですよ。赤木は重度のアルコール依存症なのに、危険ドラッグ遊びもしてたんです。それで精神鑑定で〝心神喪失《しんしんそうしつ》〟とされ、刑事罰を免《まぬか》れたんですよ。七カ月ほど八王子の医療施設に強制入院させられた後は、ずっと実家で生活してたんです」

「刑事罰は免れてたのか。それじゃ、赤木に轢き殺された二人の男は浮かばれないな。それぞれの遺族も納得できなかったでしょうね」

「それは、そうでしょう。ついでに、赤木に轢き殺された二人は白石靖《しらいしやすし》、当時三十二歳、それから結城克則《ゆうきかつのり》、享年《きょうねん》三十五です」

山根がそう前置きして、二人の被害者の遺族の住まいを教えてくれた。

「どっちかの遺族が、二人の人間を撥ねて死なせた赤木健太がのうのうと娑婆《しゃば》で暮らしてることに腹を立て、歩道橋の階段から突き落としたんだろうか」

「まだなんとも言えません。複数の目撃証言によると、赤木は歩道橋の上で黒いスポーツキャップを目深《まぶか》に被ってる三、四十代の男と何か言い争ってたというんですよ」

「口論の内容は？」

「三人の目撃者は、いずれも街道沿いの商店主や従業員なんですが、話の内容までは誰もよく聞いてないらしいんですよ」

「その三人の目撃者の氏名と連絡先も教えてもらいたいな」

半沢は言った。

山根が快諾《かいだく》し、手帳の頁《ページ》を繰《く》った。半沢は必要なことをメモした。

「半沢さん、かわいい女刑事といつからペアを組んでるんです？」

山根がにやつきながら、道端に突っ立っている奈穂に視線を向けた。彼女の頭と肩は雪で白くなっていた。

「覆面《メン》パトのトランクに傘が二、三本入ってるから、それを使え！」

半沢は研修生に言った。

「大丈夫です。ご心配なく」

「風邪をひいても知らないぞ」

「係長のせいにはしませんよ」

奈穂が言って、にっこりと笑った。

「まだ彼女、どこかあどけなさが残ってますね」

「府中の警察学校から、うちの署に刑事研修に来た娘《こ》なんだ。きょうが初日なんですよ。課長命令で、一緒に臨場したわけです」

「そうだったのか。かわいい顔してるけど、根性はありそうですね。傘もささずに雪の中でじっと待ってるんですから、いつかいい刑事になると思います」

「そうかな」

「半沢さん、なんかいつもよりも張り切ってる感じですね。若い娘《こ》とペアを組んでるんで、張り切ってるのかな」

「いつも通りだよ、こっちは。研修生は、三十一歳も若い。異性として意識したことはないな」

「大いに意識してくださいよ。男は職場に美人がいたほうがいい仕事をするんですから」

「おっさんをからかわないでほしいな」

「照れなくてもいいでしょ？　さて、そろそろ機捜隊《うち》は引き揚げるか」

山根が黒塗《ぬ》りの警察車に向かって走りだした。

半沢もスカイラインに駆け寄り、トランクルームから二本の傘を取り出した。どちらも男物だった。片方を奈穂に渡し、山根から聞いた捜査情報をかいつまんで伝える。

「そういうことなら、白石靖か結城克則の遺族の誰かが赤木健太を階段から突き落としたんではありませんか？」

「その可能性も捨て切れないが、白石と結城が轢き殺されたのは三年あまりも前のことなんだ。どっちかの遺族が身内の復讐《ふくしゅう》をする気だったら、もっと早く赤木を殺してるだろう」

「確かにそうですね。となると、死んだ赤木健太は別のことで誰かと揉《も》めていたんでしょう。女関係でしょうか？　赤木は、スポーツキャップを目深に被ってた男の恋人にちょっかいを出したのかしら」

「捜査に予断は禁物だ。従《つ》いて来い」

半沢は奈穂に言って、赤木の転落地点に足を向けた。

被害者が倒れた場所は白いチョークで囲まれていたが、融《と》けた雪で半《なか》ばラインは消えていた。血痕《けっこん》はまったく目につかない。赤木は階段を転げ落ちながらも、顔面や両手に擦《す》り傷ひとつ負わなかったのだろう。

「犯人のものと思われる遺留品《リュウ》は？」

半沢は鑑識係のひとりに問いかけた。まだ二十代の半ばだった。

「有力な収穫はなし《い》ですね」

「そうか。階段の手摺《てすり》から加害者の指紋《モン》が取れてるといいがな。ステップの足跡は、すべて採取したね？」

「ええ」

若い鑑識係が答えた。

半沢は反対側の階段をたどって、歩道橋の上に上がった。すぐに奈穂が従《つ》いてくる。

半沢は屈《かが》み込んで、階段の降り口一帯に目を凝《こ》らした。

ガムの包装紙がコンクリートにへばりついているだけで、事件に関わりのありそうな物は何も見つからなかった。

「三人の目撃者に会ってみよう」

半沢は奈穂に言って、歩道橋の階段を下《くだ》りはじめた。ステップを降り切った直後、野次馬の中から旧知の新聞記者が現われた。

東都日報多摩支局の下条哲也《しもじょうてつや》次長だった。三十七歳だったか。いつもの背広姿ではなく、くだけた服装をしている。厚手のタートルネック・セーターの上に、綿のハーフコートを羽織《はお》っていた。ハーフコートの色はオリーブグリーンだった。

「きょうは有給休暇を取ったんで、この近くの友人宅を訪ねたんですよ。そしたら、人だかりができてたんで、つい職業的な好奇心から……」

「歩道橋の階段から二十七歳の男が誰かに突き落とされて、首の骨を折って死んだんだ」

「それは、お気の毒に。半沢さん、お連れの彼女は？」

「警察学校から刑事実習に来てる娘《こ》だよ」

半沢はそう言って、奈穂を下条記者に引き合わせた。下条が名乗って、フレンドリーに奈穂と握手をする。

「下条さんは、いわゆる社会部の事件記者なんですね？」

「東京本社勤務のころは警察《サツ》回りをやってたんだが、四年前に多摩支局に回されてからは何でも記者だね。事件や事故の取材はもちろん、学芸欄向けの記事まで担当してるんだ。どの新聞社もそうだが、支局のスタッフは少ないんだよ。もっとローカルな支局になると、支局長がたったひとりで取材、記事書き、写真、送稿のすべてをこなしてる」

「それは大変ですね」

「でも、支局勤務は勉強になるんだ」

「そうなんですか」

「半沢さん、どこかでコーヒーでも飲みませんか？」

「これから聞き込みがあるんだ。そのうち一杯飲《や》ろう。それじゃ、また！」

半沢は大股《おおまた》で歩きだした。奈穂が小走りに追ってきた。

4

奥から店主が現われた。

事件現場の斜め前にある八百屋《やおや》だ。それほど間口《まぐち》は広くない。

店主は六十年配で、カーディガン姿だ。無精髭《ぶしょうひげ》が汚らしい。

奈穂は半沢の横顔を見た。署内で親父ギャグを飛ばしているときとは、まるで別人だ。引き締まった顔つきで、眼光も鋭くなっていた。

奈穂は、なんとなく頼もしくなった。指導係が面白いだけの無能な刑事だったら、研修を受けても何も学べないだろう。

「お忙しいところを申し訳ありません。町田署の者です」

半沢が警察手帳を呈示《ていじ》して、姓だけを名乗った。

「歩道橋の事件のことなら、もう本庁の刑事さんに喋《しゃべ》りましたよ」

「ええ、知ってます。あなたが犯行の目撃者だということは、機動捜査隊の捜査員から聞いたんです」

「ああ、なるほどね」

「同じ質問に答えるのは面倒でしょうが、ご協力願います。大将がスポーツキャップを目深に被ってる男を見たのは、何時ごろでした？」

「正確な時刻はわからないけど、午後一時を数分回ったころだと思うな。店の外で一服してたら、二人の男が歩道橋の上で何か言い争ってたんだ」

「口論の内容は？」

「そこまではわからないけど、黒い帽子を被ってた男が一方的に怒鳴《どな》ってたな」

「断片的な言葉でも思い出していただけると、ありがたいんですがね」

「警視庁の刑事さんは感じが悪かったんで教えなかったんだけど、帽子を被ってた男は、若い奴に『きさまが自由に動き回ってることがどうしても納得いかないんだ』と言ってよ」

「それに対して被害者は？」

「何も言わなかったな。黙って帽子の男の手を振り払っただけだった」

「加害者は、死んだ男を殴ったり倒したりしてませんでした？」

「そういう荒っぽいことはしてなかったね。でも、ずっと相手の右腕を強く摑んでた。逃がしたくなかったんだろうね」

「ええ、多分。それで、被害者が歩道橋の階段から突き落とされる瞬間は目撃したんですか？」

「いや、それは見てないんだ。ただ、死んだ男が階段を転げ落ちてるときに発した悲鳴というか、短い叫び声は耳に届いたよ。それから、キャップの男が歩道橋の向こう側に走っていく姿はちらりと見たね。だけど、どっちの方向に逃走したかはわからなかったな。というのは、階段の下に夢中で走っていったんで……」

店主が長々と喋り、舌で下唇を湿《しめ》らせた。

「被害者は俯《うつぶ》せに倒れてたんですね？」

「そう。首が奇妙な形に捩《ねじ》れてて、大声で呼びかけたんだけど、まったく反応はなかったな。それで、もう死んでると思ったんだ。だから、そのままにして店に戻ったんだよ」

「事件通報者は、大将の奥さんだったそうですね？」

「うん、そう。わたしが最初は自分で一一〇番しようと思ってたんだが、指先が震えて、うまく電話のボタンを押せなかったんだよ。で、女房が代わりに通報してくれたんだ」

「逃げた男のことをできるだけ詳しく教えてください。年恰好《としかっこう》は三十代か四十代だったとか？」

「そう。キャップを目深に被ってたけど、そう若い男じゃなかったね」

「顔かたちはどうでした？」

「やや面長《おもなが》だったような気がするな。目鼻立ちは割に整《ととの》ってたよ」

「もう少し具体的に言ってもらえませんか。たとえば、目が大きかったとか、鼻筋が通ってたとか。あるいは、唇が厚かったとか、薄かったとかね」

「そう言われても、別に相手の顔をじっと見てたわけじゃないから、そこまでは答えられないな」

「そうですか。黒子《ほくろ》とか疣《いぼ》なんかは？」

半沢が畳みかけた。

奈穂は、さきほどから会話に割り込みたい衝動に駆られていた。しかし、自分は研修生だ。差し出がましいことは慎《つつし》むべきだろう。

「どちらもなかったと思うよ」

「そうですか。容疑者の服装は？」

「黒い帽子を被って、同色の綿コートを着てたな」

「コートの丈《たけ》は？」

「ロングコートじゃなかったね。七分丈か、ハーフコートだよ。前ボタンを首まで掛けてたんで、コートの下の服装まではわからなかったな。でも、ネクタイを締めてたようには見えなかったね。下は白っぽいチノクロスパンツだったと思う」

「コートの裏地《うらじ》は？」

「くすんだ色だったが、表地《おもてじ》とは明らかに色が異《こと》なってたね。でも、その色を思い出せないんだ」

「表地と裏地の色がまったく違うってことは、カジュアルなコートを着てたんだろうな。フォーマルなコートの場合、裏地は表地と同系色が使われてますからね」

「そういえば、そうだな」

「初動班の情報によると、怪しい男は中肉中背だったらしいが……」

「それは間違いないよ」

「靴はどうでした？」

「そこまでは見てなかったな」

「スポーツキャップから覗いた頭髪は長めでした？」

「それほど長くなかったよ」

「脱色もしてなかった？」

「ああ。黒々とした髪だったね」

「ご協力に感謝します」

半沢が礼を述べ、店主に背を向けた。奈穂も目撃者に一礼し、外に出た。

二軒目の聞き込み先は、二十メートルほど離れたラーメン屋だった。犯行を目撃したのは二十二歳の従業員だ。都会風な身なりをしているが、茨城訛《いばらきなまり》が強かった。

半沢が早速、目撃証言の確認をした。証言内容は、八百屋の店主とほとんど変わらなかった。

二人はラーメン屋を出ると、町田街道の向こう側に渡った。三番目の目撃者は、中古車販売センターの中年男性社員だった。

奈穂は新たな証言を得られることを期待しながら、半沢と目撃者の遣《や》り取《と》りに耳を傾けた。だが、新しい手がかりは何も得られなかった。

奈穂たちは事件現場まで引き返し、スカイラインに乗り込んだ。

「疲れたか？」

半沢が問いかけてきた。

「いいえ、全然。わたしは、まだ若いですから」

「そうだよな。こっちは、少しくたびれたよ。なにしろ、お茶が好きなおっ、ちゃ、んだからさ」

「快調ですね」

「あんまりおだてないでくれ。駄洒落が止まらなくなるんでな。ところで、聞き込みでどんな推測をした？」

「わたしは赤木健太を突き落としたのは、やっぱり三年あまり前の深夜に轢き殺された白石靖か結城克則の遺族の誰かではないかと思いました」

「そうなのかな。おれはその線は薄いと思ってるんだが、まだ断定はできない。死んだ赤木の身内に会ってみよう」

「はい」

奈穂は短い返事をした。

半沢が覆面パトカーを走らせはじめ、すぐにUターンさせた。町田街道を引き返し、玉川学園に向かう。玉川大学周辺の住宅街は閑静なことで知られている。ただ、割に道路が狭くて坂が多い。タクシー運転手泣かせの地域だ。

やがて、赤木健太の自宅に着いた。

あたりでも一際《ひときわ》目立つ豪邸だった。敷地は三百坪近くありそうだ。庭木が多い。奥まった場所に洋風の二階屋が見える。

奈穂は半沢に倣《なら》って、スカイラインから出た。いつの間にか、雪は止んでいた。

半沢がブロンズカラーの門扉《もんぴ》に歩み寄り、インターフォンを鳴らした。

ややあって、スピーカーから中年女性の声で応答があった。半沢が身分を明かし、来意を告げる。

「どうぞお入りになってください。門の扉《とびら》はロックしてませんので」

スピーカーが沈黙した。

奈穂は半沢の後から門扉を潜《くぐ》り、石畳のアプローチを進んだ。ポーチは、ちょっとしたテラスほどの広さだった。

半沢が玄関のノッカーを打ち鳴らした。

待つほどもなく大きなドアが開き、四十一、二歳の派手な顔立ちの女性が姿を見せた。サンドベージュのニットドレスに身を包んでいる。

奈穂たちは広い三和土《たたき》に並んで立った。

「このたびは、とんだことで……」

半沢が型通《かたどお》りの挨拶《あいさつ》をした。

「健太の母親です。母と申しましても、わたしは実母ではないんですよ。姿子《しなこ》といいます」

「後妻さんなんですね？」

「ええ。主人の赤木俊男《としお》とは六年前に結婚したんですよ。夫は再婚ですが、わたしのほうは初婚でした」

「ご主人とは結婚前から、長いおつき合いがあったんですか？」

「はい。わたし、十五年前から赤木の秘書をやっていました。九年前に前の奥さんが病死されて、七年前に健太さんも成人になったので、赤木のプロポーズを受けることにしたんです」

「そうですか。ご主人は手広く事業をなさってるようですね」

「はい。もともとは工作機械の輸入業者だったのですが、外車販売、ゴルフ場経営、衣料スーパー経営と手を広げてきたわけです」

「ご主人は、杏林大学に行かれたんでしょうね？」

「そうすべきだと何度も言ったのですが、どうしても大事な商談があると申して、都心に出かけました」

「息子の死よりもビジネスのほうが大事だってことか」

「そう受け取られても仕方ないでしょうね」

姿子が苦く笑った。

死んだ赤木健太は、父親に疎《うと》まれていたようだ。奈穂は被害者とは一面識もなかったが、なんだか哀《あわ》れに思えた。

「父と息子はうまくいってなかったみたいですね？」

「健太さんは子供のころから実の母親に将来は立派な医者になれって、いつも勉強を強《し》いられてたそうです」

「母方の祖父が医者だったのかな？」

「そうじゃないんです。先妻の千秋《ちあき》さんは、薬屋の娘だったんですよ。そのことで医師にどうも引け目を感じてたらしくて、ひとり息子を医者にすることが夢だったみたいなんです。ところが、健太さんは勉強よりもサッカーに熱中してたんですって」

「なるほど。被害者は母親の期待が重くなって、アルコールに逃げたようだな」

「夫の話によると、健太さんは中一のときから家で父親のウイスキーやブランデーを盗み飲みしてたらしいんです。それで、大学一年生のときに一度アルコール依存症で入院したというんです。一時は断酒できたらしいんだけど、いつの間にか、またお酒に溺《おぼ》れるようになって……」

「それだけ生きることが辛かったんでしょうね」

「そうなのかもしれません」

「さて、本題に入ります。最近、赤木健太さんが誰かとトラブルを起こしたことは？」

「わたしが知っている限りでは、そういうことはありませんでしたね。健太さんは人見知りするタイプなので、めったに他人とぶつかることはないんですよ。ただ……」

「アルコールが入ると、がらりと人間が変わってしまう。そうなんですね？」

半沢が確かめた。

「は、はい。酔っ払うと、酒乱みたいになって手のつけようがなくなってしまうんですよ。凶暴になって、法律も平気で破るんです。ウイスキーをラッパ飲みしながら、車で高速道路を突っ走ったことは数え切れませんでした。でも、酔って行きずりの人たちと殴り合うようなことはなかったと思います」

「三年近く前の三月に今回の被害者が飲酒運転で二人の男性を轢き殺した事件のことは当然、ご存じでしょ？」

「はい。あの晩のことは生涯、忘れないでしょう。夫とわたしが床についた直後、多摩中央署から電話がかかってきたんです。主人はショックのあまり、十分ほど喋ることができませんでした。気を取り直して、わたしたちは所轄署に行きました。取り調べ中とかで、夫は息子と会わせてもらえませんでしたけどね。署員の方の話によると、健太さんは自分の氏名や生年月日もちゃんと答えられなかったそうです。それから、まるで脈絡《みゃくらく》のない話をして、けたけた笑ったりもしたそうです」

「ご主人はそういう話を聞いて、弁護士を通じ、裁判所に健太さんの精神鑑定をしてほしいと……」

「ええ、そうです。その結果、健太さんは心神喪失と断定されて、刑事罰を受けずに済んだのです。七カ月ほど強制入院はさせられましたけどね」

姿子が複雑な表情になった。

「精神のバランスを失った者が法を破っても罪は問われないわけですが、RV車で撥ねられた白石靖と結城克則の二人の身内は憤《いきどお》りを持て余してたでしょうね」

「ええ、そうだと思います。ですから、お二人の身内の方から理不尽な話だという手紙が夫の許《もと》に届きました」

「その手紙は、まだ取ってあります？」

「読み終えて、すぐ燃やしてしまったと聞いてます。夫は二人の被害者には申し訳ながっていましたけど、事故時の息子はノーマルな状態じゃなかったんだから、勘弁してもらいたいと……」

「その後、白石と結城の遺族から厭がらせめいたことは？」

「特になかったはずです」

「事件直前も？」

「はい。おそらく健太さんは、歩道橋の上で誰かと擦《す》れ違ったときに肩でもぶつけたんでしょう。それなのに、謝まろうとしなかった。で、相手が腹を立てて、衝動的に健太さんを階段の上から突き落としたんではないのかしら？　主人も、そう言ってました」

「そうなんだろうか」

「誰かが殺意を持って、健太さんを突き落としたとお考えなんですね？」

「そこまで考えてるわけじゃないんです、まだね。ただ、通り魔的な犯行はたいていもっと手口が荒っぽいんですよ。通りかかった人間を無差別に刃物で刺したり、金属バットでいきなり頭をぶっ叩いたりとかね。覚醒剤《かくせいざい》中毒にかかった奴が幻覚や幻聴から、そんな凶行に及ぶケースがあるんです」

「そうですか」

「しかし、目撃者たちの証言によると、容疑者はごく普通の人間のようだったんでね。

ところで、ご主人、今夜は何時ごろに帰宅されるんでしょう?」

「取引先を接待すると申していましたので、家に戻ってくるのは真夜中になると思います」

「そう。ご主人には、後日お目にかかることにしましょう」

半沢が目礼した。奈穂は頭を下げ、先にポーチに出た。

二人は覆面パトカーに乗り込み、署に戻った。二階の刑事課に上がると、半沢の部下が全員、出先から戻っていた。

奈穂は五人に紹介された。それぞれ一癖《ひとくせ》ありそうな面構《つらがま》えをしていたが、相手の名前を憶えるのに精一杯で、ろくに話もできなかった。

「焼肉喰いに行くか?」

宇野功《うのいさお》という二十八、九歳の刑事が誘いをかけてきた。

「そのうち、つき合います」

「うまく逃げられたか」

「おまえは、いつも目を獣のようにぎらつかせてるから、警戒されるんだよ」

隣の空豆《そらまめ》のような顔をした今井忠彦《いまいただひこ》が、宇野をからかった。居合わせた森正宗《もりまさむね》、堀《ほり》切《きり》直紀《なおのり》、村尾勇《むらおいさむ》の三人が一斉《いっせい》に笑った。だが、草刈は無表情だった。

草刈刑事には、どうやら嫌われているらしい。

奈穂は、そう感じた。

数秒後、上着のポケットの中で私物のスマートフォンが振動した。マナーモードにしてあった。奈穂は半沢に断って、廊下に出た。発信者は母の美和だった。

「研修の初日は無事に終わりそう？」

「まだ終わってないのよ。実習は思ってた以上に大変だわ。いきなり殺人事件の捜査実習があったの」

奈穂は詳しい話をした。

「いろいろ辛い思いもするだろうけど、頑張りなさい。それはそうと、寮に帰る前に家にちょっと寄ってちょうだい。研修の初日だからって、お父さんがね、特大のミルフィーユをこしらえたのよ」

「せっかくだけど、もうくたくたなんだ」

「そうなの。ちょっと待ってて。いま、お父さんと替わるから」

母の声が途切《とぎ》れた。数十秒待つと、父の利晴の声が流れてきた。

「疲れちゃったって？　初日だから、緊張し通しだったんだろうな」

「うん。ミルフィーユ作ってくれたのに、ごめんね」

「いいさ。気にすんな。母さんと後《あと》で喰うよ。指導係は厳しいのか？」

「ううん。親父ギャグを連発してる五十過ぎの係長よ。もっさりしてるんだけど、職人気質の名刑事なんだって。ちょっと味のあるおじさんね」

「おじさんはないだろ、相手は指導係なんだから。いろいろシゴかれるだろうが、音《ね》を上げるなよ。自分で選んだ道なんだから、石に齧りついても一人前の女刑事になれ」

「うん、わかってる。研修に馴《な》れたら、国立に寄るから」

奈穂は電話を切って、刑事課に戻った。すると、半沢が声をかけてきた。

「きょうは、もう帰っていいぞ」

「わたし、もう少し勉強させてもらいたいんです」

「最初っから飛ばすと、途中でバテちまうぞ」

「わたし、こう見えてもタフなんです」

「鈍い研修生だな」

草刈が話に割り込んだ。

「鈍いって？」

「小娘がいつまでも居残ってたら、おれたちは猥談《わいだん》もできないだろうが！　さ、帰った、帰った」

「わかりました」

奈穂は草刈を睨みつけ、そそくさと刑事部屋を出た。署の斜め前にあるバス停から町田バスターミナル行きのバスに乗り込む。

電車を乗り継いで警察学校の寮に帰りついたのは、午後六時半過ぎだった。
三階の部屋に入ると、同室者の室岡由起《むろおかゆき》がベッドに凭《もた》れて缶チューハイを呷《あお》ってい
た。由起は同《おな》い年で、きょうから立川南署の生活安全課で研修を受けることになって
いた。
「由起、研修先に行かなかったの⁉」
「行ったわよ。でもさ、指導係のスケベ男にキャバクラ嬢扱いされて、すっごく傷つ
いちゃったの」
「体に触《さわ》られたわけ？」
「そこまでされたら、懲戒免職に追い込んでやるわ。スリーサイズを無理やり言わさ
れたり、彼氏がいるのかどうかしつこく訊かれたのよ」
「それ、セクハラじゃないの」
「れっきとしたセクシュアル・ハラスメントよね。わたし、自尊心ずたずただわ。警
察学校、やめようかな。もともと警察は男社会なんだけど、女を侮辱《ぶじょく》しすぎよ。奈穂、
そう思わない？」
「思う、思う！　わたしの研修先にも、ひとり気に喰わない奴がいるのよ。由起、今
夜はとことん飲もう」
奈穂はキッチンに走り、共用の冷蔵庫から缶ビールを取り出した。

第二章　遺族に届いた祝電

1

無意識にハミングしてしまった。

朝食を摂《と》っている最中だった。半沢は空咳《からぜき》をして、フォークでポテトサラダを掬《すく》い上げた。

「昨夜《ゆうべ》から浮かれてるようだけど、何かいいことでもあったの？」

正面の椅子《いす》に坐った妻の寛子《ひろこ》が言った。からかうような口調だった。

寛子は先月、満五十歳になった。パジャマの上に生成《きな》りのカーディガンを羽織《はお》っている。素顔のせいか、小皺《こじわ》や染《し》みが目立つ。

少しは色気を出せないものか。

半沢は心の中で舌打ちした。もっとも彼も起き抜けの恰好《かっこう》で、歯も磨《みが》いていない。

「黙ってないで、何か答えてよ」

「この年齢《とし》になったら、いいことなんかあるもんか」

「そうかしら？　きのう帰宅したときも上機嫌だったわよ」

「普段通りだったよ、おれは」

「あれっ、トーストにバターを塗《ぬ》ったのね。コレステロール値《ち》を下げるマーガリンにしてって、何度も言ったでしょ！　カロリーオーバーで、心筋梗塞《しんきんこうそく》か脳梗塞《のうこうそく》で倒れても知らないから」

「考えごとをしてて、うっかりバターを塗ってしまったんだ。大騒ぎするなって」

「あなたひとりの体じゃないのよ。薫と望がお嫁さんを貰《もら》うまで、しっかり働いてもらわないとね。この家のローンだって、まだ五年以上も払わなければならないんですから」

「おれに蟻《あり》のように働けってか」

「ま、そうね」

「もう少し亭主を労《いたわ》れないのか。賢《かしこ》い女房なら、飴《あめ》と鞭《むち》を上手に使い分けるんじゃないか」

「家庭がつまらなくなったんで、外に目を向ける気になったのね。そうなんでしょ？」

「え？」

「強行犯係に美人婦警が回されてきたのかな。それとも、小料理屋の粋《いき》な女将《おかみ》に尻《しり》の毛まで抜かれてもいいと思いはじめてるわけ？」

「おい、デリカシーがないぞ。おれは、いま食事中なんだ。尻の毛がどうとか言われたら、食欲が失《う》せるじゃないか」

「話を逸《そ》らさないで、ちゃんと白状しなさいよ。その気になって、熟年離婚なんかしたら、男は早死にするんだからね。こないだテレビのワイドショーで、離婚した中高年男性の半数近くが六十代で死んでると言ってたわ。孤独に耐えられなくなって、つい深酒しちゃうからなんだって」

「寛子、どうかしてるぞ。まるでおれが浮気してるような口ぶりじゃないかっ」

「そうなんでしょ？　他所《よそ》の女に心を奪われたから、気分が上付《うわつ》いてるのよね」

寛子の目がきつくなった。

「くだらん邪推《じゃすい》をするな。おれが女にモテると思うか？」

「思わないわ、それは。どう見てもダサいほうだから」

「亭主にそこまで言うかっ」

「はっきり言い過ぎたかな、ちょっと」

「ちょっとじゃない。うーんとだ。男はいくつになってもな、心は少年のままなんだよ。あんまり旦那《だんな》を傷つけるなって」

「少し無神経だったかもしれないわ。でもね、わたしはお父さんが外の女に目を向けるだけでも不愉快なの」

「断じて寛子を裏切るようなことはしてない」

「いまの言葉、信じてもいいのね？」

「もちろんさ」

半沢はコーヒーを飲み干し、ダイニングテーブルから離れた。洗面所に足を向け、まず歯を磨く。半沢は髭《ひげ》を剃《そ》り、寂しくなった髪にブラシを当てた。

家の間取りは4LDKだ。敷地は五十数坪ほどだ。狭い庭で飼っていた柴犬《しばいぬ》は、去年の初夏に死んでしまった。しかし、犬小屋はまだ処分していない。死んだ愛犬の匂《にお》いがこびりついていて、壊せないのだ。

半沢は居間に接している八畳の和室に入った。夫婦の部屋だ。

いつものように、半沢のワイシャツと背広が所定の場所に用意されている。何気なくワイシャツのカラーと袖口《そでぐち》を見ると、しゃんとしていなかった。

ノーアイロンのシャツだから、純綿《じゅんめん》のようには糊《のり》が効いてない。それが、いかにも冴《さ》えない印象を与える。

半沢はワイシャツ入れを覗《のぞ》いた。

あいにくクリーニング屋から戻ってきた純綿製のワイシャツは一枚もなかった。綿とポリエステル混紡《こんぼう》のシャツばかりだ。

ノーアイロンのシャツをそのまま着たら、だらしない感じになる。冴《さ》えない五十男に見られることには、まだ抵抗がある。

半沢は大急ぎでアイロンの準備をした。

ハンガーからワイシャツを外し、襟《えり》と袖口に強くアイロンを当てる。アイロンをかけ終えたとき、居間で妻が訝《いぶか》しんだ。

「あなた、何をしてるの？」

「カラーのとこが少しよれっとしてたんで、プレスしたんだよ」

「お父さんが自分でアイロンをかけるのは、望の出産でわたしが入院したとき以来なんじゃない？」

「そうだったっけな」

「服装には無頓着《むとんちゃく》だったのに、なんか怪しいわね」

「まだそんなことを言ってるのか」

半沢は呆《あき》れ顔で着替えに取りかかった。ネクタイは、未使用のブランド品を選んだ。何かのお返しに貰《もら》ったイタリア製のネクタイである。

背広が吊《つ》るしの安物だから、ちょっとアンバランスだ。しかし、仕方がない。

半沢はスーツの上にウールコートを重ね、間もなく家を出た。

ガレージのプリウスは、うっすらと埃《ほこり》を被《かぶ》っている。同居している次男は大衆車に乗ることにためらいがあるようで、一度も車を借りたいと言ったことがない。妻は原付きバイクの運転免許証しか持っていなかった。

半沢は最寄《もよ》り駅に向かった。

小田急線喜多見駅まで約九百メートルの道程《みちのり》だ。近道を選びながら、駅に急ぐ。

五百メートルほど進んだとき、半沢は誰かに尾行されている気配を感じ取った。

わざと脇道に入り、すぐ物陰に隠れる。少し待つと、茶色いニット帽を被った若い男が駆け足で通り過ぎていった。

なんと次男の望だった。着ているダウンジャケットは、去年のクリスマスに買ってやったものだ。

「おい、ここだよ」

半沢は息子に声をかけた。

望がぎょっとして、立ち止まった。きまり悪そうに笑っただけで、何も言わない。

「母さんに頼まれて、おれの素行調査をする気だったんだな？」

「いや、そうじゃなく……」

「正直に言わないと、家で只飯《ただめし》を喰《く》わせてやらないぞ。来月から毎月、三万円の食費を入れてもらう。ついでに、家賃と光熱費も払ってもらうか」

「親父《おやじ》、勘弁してよ。おれ、専門学校の授業料の半分はバイトで稼いでるんだからさ」

「どうなんだ？」

「当たりだよ。おふくろ、親父が急に色気づいたから、好きな女ができたにちがいないと言って……」

「愛人を作るほどの甲斐性《かいしょう》はないよ」

「そうだよね。おれもそう思ったから、おふくろに勘違いだって言ったんだよ。だけど、おふくろは絶対に怪しいって言い張ってさ」

「いい年齢《とし》して、寛子もどうかしてるな。きのうから強行犯係に警察学校から若い娘《こ》が研修に来てるんだ。おれが指導係を押しつけられたんで、少し身ぎれいにする気になっただけなんだよ」

「そうだったのか」

「ほら、若い女はおじさんたちを嫌ってるだろ？　加齢臭《かれいしゅう》や口臭がきついとかなんとかな」

「その研修生は、いくつなの？」

「二十一だったかな」

「三十一歳も年下なら、恋愛の対象にはならないだろうね」

「当たり前じゃないか」

半沢は微苦笑《びくしょう》した。

「おふくろ、まだ現役の女なんだね。亭主が浮気してるんじゃないかと本気で心配してるようだったから」

「ばかばかしい」

「おふくろには言えないけど、中高年のおじさんたちが若い女に接して精神的に若返るのはいいことだよ。人生八十年の時代なんだから、五十代で老《ふ》け込むことない。擬《ぎ》似《じ》恋愛ぐらいしたっていいと思うな。それで、リフレッシュできるならさ」

「研修生は望よりも若いんだ。自分の娘みたいに思ってるだけだよ。母さんにそう言っといてくれ」

半沢は息子の横を通り抜け、目的駅に足を向けた。

職場に着いたのは午前九時前だった。研修生の奈穂は眠たそうな顔で、複写機の前に立っていた。前夜は緊張と興奮で、どうやら熟睡できなかったらしい。

コートをロッカーに収めていると、小杉課長に呼ばれた。半沢は課長の席に急いだ。

「十数分前にね、赤木健太の父親から電話があったんだ。赤木俊男氏によると、昨夜八時ごろ、自宅に白石護《まもる》という人物から祝電が届いたというんだ。弔電《ちょうでん》じゃなくね」

「その男は、三年ほど前に赤木健太の車に撥《は》ねられて死んだ白石靖の兄弟なんじゃありませんか？」

「そう、兄貴だよ。白石護は四十一歳で、多摩センター駅の近くで『白石サイクル』

という自転車屋をやってる。住まい付きの店舗だ。住所はここに書いておいた」

小杉がそう言い、紙切れを差し出した。半沢はそれを受け取ってから、小杉に顔を向けた。

「課長は、その白石護が弟の仕返しに赤木健太を金森の歩道橋の階段から突き落としたと睨《にら》んだわけですか」

「その疑いは濃いと思うな。赤木健太が死んだ晩にわざわざ厭味《いやみ》ったらしく遺族に祝電を送りつけてるんだから」

「しかし、白石の実弟が赤木の車に轢《ひ》かれたのは三年あまり前ですよ」

「弟が無念な死に方をしたんだ。兄としては、十年経《た》っても赤木健太に憎しみを感じると思うね」

「そうかもしれませんが……」

「白石護のアリバイを洗ってほしいんだ。アリバイがあるんだったら、およそ三年前の人身事故のもうひとりの被害者の結城克則の親兄弟に不在証明があるかどうかもね」

「わかりました。赤木健太の解剖所見は、まだ……」

「いや、杏林大学から解剖所見がファクスで届いてる」

「ちょっと見たいですね」

半沢は言った。小杉が机の引き出しから、四枚のファクスペーパーを取り出した。

すぐに半沢は目を通した。

やはり、死因は首の骨折による呼吸不全だった。階段を転げ落ちたときに負った打撲傷が九カ所あったが、頭部や肩は陥没《かんぼつ》していなかった。

そのことから、スパナなど鈍器で強打された可能性は低い。また、背中や腰にも蹴《け》られた痕跡《こんせき》はうかがえなかったと報告されている。

赤木は犯人と言い争っているとき、軽く突かれたのかもしれない。あるいは、赤木は逃げようとして、うっかり足を踏み外したのだろうか。

半沢はファクスペーパーを小杉に返した。

「きのう、赤木の継母《けいぼ》の姿子に会ったと言ってたね？」

「ええ」

「殺された赤木が誰かと揉《も》めてたという話は出なかったのかな」

「ええ。しかし、まだ被害者の父親からは何も事情聴取してません。先に赤木俊男氏に会ってから、白石護のアリバイ調べをするのが順序だと思います」

「赤木の父親に会う必要があるだろうか。父と子はどの家でも、あまり接触することはないでしょ？　従って赤木俊男氏が倅《せがれ》の私生活のことを多く知ってるとは思えないな。姿子に事情聴取しただけで、充分な気がするがなあ」

「結果的には無駄になっても、できるだけ肌理濃《きめこま》やかな捜査をしないと、職人道に反することになりますので」

「半沢警部補、刑事も一種の職人だという自説に拘《こだわ》るのもいいが、スピード解決が大事でしょ？」

「それが望ましいことですが……」

「捜査に手間取ってたら、本庁の捜一《そういち》の連中が出張《でば》ってくる。こんなチンケな事件《ヤマ》ぐらいは所轄署で片をつけないと、本社の奴らに支社の人間はばかにされるだろう」

「もちろん、わたしにも所轄署刑事の誇りと意地はあります。しかし、ラフな捜査をすることは恥ですから」

「それはそうなんだがね」

小杉が渋い顔つきになった。

「わたしの流儀で現場捜査をやらせてもらってもいいでしょ？」

「あなたは頑固だから、どうせ反対したって、わたしの命令には背《そむ》くんでしょ？」

「それは、時と場合によります」

「気の済むようにすればいい」

「そうさせてもらいます。それはそうと、鑑識から何か手がかりは？」

「歩道橋の上で採取した足跡《ゲソ》の中で、一つだけステップにまったく遺《のこ》されてないものがあったらしい。多分、その靴痕は犯人《ホシ》のものだろう」

「でしょうね。靴のサイズは？」

「二十六センチで、靴底の模様から大量生産されてる牛革の短靴とわかったんだ。しかし、同型の同サイズの靴が全国で三万足以上も出荷されたというから、犯人の絞り込みは困難だろう」

「ええ。赤木と口論してたキャップの男の着衣の繊維片《せんいへん》は？」

「残念ながら、犯人の遺留品と断定できるものはなかったらしいよ」

「そうですか。伊織を連れて、赤木宅と白石護の店に行ってきます」

半沢は課長の机から離れ、奈穂を大声で呼んだ。すると、草刈が言葉を発した。

「きょうも研修生の子守りですか？」

「草刈、そういう言い方はよくないな。おまえを含めて六人は三班に分かれて、三年あまり前に赤木に車で轢き殺された結城克則の親兄弟や親しい友人の昨夜のアリバイを調べてくれ」

「わかりました。親方……」

「なんだ？」

「いいえ、なんでもありません」

「おかしな奴だな。何か言いたいことがあるんだったら、はっきり言えよ」

「別にありません」

「そうか」

半沢は草刈に言って、奈穂と一緒に刑事課を出た。階段の途中で、奈穂が半沢のネクタイに気づいた。

「それ、外国製ですよね？」

「うん、まあ。貰い物なんだ。いつもは安物の国産のネクタイを締めてるんだが、たまには気分を変えようと思ってな」

「似合ってますよ、係長に」

「そう。少し瞼《まぶた》が腫《は》れてるな。彼氏と喧嘩《けんか》でもして、泣いたのかな？」

「違いますよ。寮で部屋が一緒の女の子と午前二時過ぎまで、お酒を飲んでいたんです」

「女同士で酒盛りか」

「ええ、そうです。その娘《こ》は立川南署の生安課で研修を受けているんですけど、指導係のセクハラに悩まされてるみたいなんですよ。悩んでるというより、怒っていましたね」

「言葉による性的厭がらせを受けてるって？」

「ええ、そうらしいんです」

「適当に聞き流しておけばいいんだよ。健康な男は、どいつも好色なんだから」

「男の警察官同士は身内意識が強いって聞いてましたけど、そういうのはよくないですよ」

「それはわかるが、社会に出たら、清濁併《せいだくあわ》せ呑《の》むぐらいの度量《どりょう》がないと、生きていけないぞ。どんなに高潔《こうけつ》に見える人物も、心の中では善と悪が同居してるんだ。正と邪を併《あわ》せ持ってるんだよ。刑事は常にそのことを忘れちゃいけないな」

「なんだかごまかされた感じです」

「ごまかしたんだよ。おれは、狡《ずる》い大人だからさ」

「そういう逃げ方は卑怯《ひきょう》だと思います」

「卑怯か。若い人たちと接してると、忘れかけてることを思い出させてもらえるな。とても刺激になるよ」

半沢は真顔《まがお》で言った。だが、奈穂は茶化されたと受け取ったらしい。たちまち表情が険《けわ》しくなった。

自分も若いころは、よく早とちりしたものだ。説教めいたことはもう言うまい。

半沢は黙したまま、覆面パトカーに乗り込んだ。

奈穂が助手席のドアを閉めた。半沢はスカイラインを発進させた。鎌倉街道を短く走って本町田《ほんまちだ》住宅の横を抜け、玉川学園に入る。

赤木宅まで、ほんのひとっ走りだった。

半沢たち二人は赤木邸を訪ねた。応対に現われたのは姿子だった。二人は玄関ホール脇のゴージャスな応接間に通された。

数分待つと、赤木俊男が現われた。五十八、九歳だろう。遣《や》り手の事業家らしく、押し出しがよかった。

半沢は自己紹介し、連れが研修生であることは意図的《いとてき》に明かさなかった。奈穂が軽く見られると思ったからだ。家の主は、半沢と向かい合う位置に腰かけた。

「前夜、こちらに厭がらせの祝電が届いたそうですね？」

半沢は事情聴取を開始した。

「実に不愉快なことです。電報を受け取ったのは妻だったんですが……」

「その電報は、もう破棄《はき》されたんでしょうか？」

「まだ取ってありますよ」

赤木が上着のポケットからカード型の祝電を取り出した。半沢は受け取り、宛名《あてな》を見た。赤木俊男になっていた。

電信文は〈ご令息のご栄転を心からお祝い申し上げます〉と打たれていた。差出人は白石護になっていた。

「およそ三年前の人身事故のことで、白石は死んだ実弟の報復をしたかったんでしょう。おそらく息子は、白石護に歩道橋の階段から突き落とされたんだと思います」

「そうなんですかね」

「飲酒運転で二人の通行人を轢き殺した健太は、確かに取り返しのつかないことをしました。白石靖さんと結城克則さんのご遺族に恨《うら》まれても、仕方がないのかもしれません。しかし、事故当時、息子は精神が正常ではなかったんです。確かに健太はアルコールに頼らなければ生きていけない出来の悪い子でした。親のわたしも半《なか》ば匙《さじ》を投げた恰好《かっこう》だったんです。だからといって、私的な復讐《ふくしゅう》はいけません。民主主義の世の中なんですから、利刑《リンチ》は絶対に赦《ゆる》せませんよ」

「ええ、それはね。この祝電を打ったのが白石護と判明したら、当然、疑う材料にはなります。しかし、まだ白石を容疑者と断定はできません」

「息子を殺したのは白石ですよ。ほぼ間違いないでしょう」

「この電報、しばらく預からせてもらってもかまいませんか」

「ええ、どうぞ。返却には及びません」

赤木が言った。

半沢は無言でうなずき、問題の祝電を上着の内ポケットに入れた。

「もしかしたら、白石は赤飯《せきはん》を持って息子の通夜に現われるかもしれないな」

「まさか!?」

「わかりませんよ。無礼な電報を寄越《よこ》した男ですからね」

「そんなことをしたら、わざわざ自分があなたの息子さんを殺したと世間に教えてるようなものではありませんか」

「それもそうだな」

「生前、息子さんは誰かとトラブルを起こしてませんでした？」

「妻も同じことを訊《き》かれたらしいが、そういう揉め事は起こしてません。健太は気が向いたときにアルバイトをやって、煙草《たばこ》銭ぐらいは自分で稼いでたんです。さすがに酒代まで賄《まかな》えなかったでしょうが、月々三十万円の小遣いをわたしが渡してました。ですんで、金に困ってはいなかったはずです」

「女性関係で何かあったとは考えられませんか？」

「それも考えにくいですね。息子には、健太には特定の彼女はいませんでしたから」

「そうなってくると、白石護を疑わざるを得なくなるな」

半沢は呟《つぶや》き、かたわらの奈穂に目配せした。辞去のサインだった。

2

覆面パトカーが停止した。

京王線多摩センター駅から三百メートルほど離れた場所だ。商店の多い表通りだった。奈穂はフロントガラス越しに、数十メートル先にある『白石サイクル』を見た。

店頭には原付きバイクやスクーターがずらりと並んでいる。店内に陳列されているのは、ほとんど自転車だった。

どれも値札は古びている。売れ筋商品は五十ccバイクやスクーターなのだろう。

「行くぞ」

半沢係長が言って、先にスカイラインから出た。奈穂は慌《あわ》てて車を降りた。

二人は車道を斜めに渡り、『白石サイクル』に足を踏み入れた。四十年配の青い作業服を着た男が赤いスクーターのエンジンの留具《とめぐ》を緩《ゆる》めていた。ほかに人の姿は見当たらない。

「いらっしゃい」

男が愛想よく言った。馬面《うまづら》で、頭髪は猫《ねこ》っ毛《け》だった。

「客じゃないです。町田署の者なんですよ。あなたが白石護さん？」

「ええ、そうです」

「あなた、きのうの晩、赤木さん宅にこの電報を打ちました？」

半沢が上着の内ポケットからカード型の祝電を抓《つま》み出し、店主の顔の前に突き出した。白石は狼狽《ろうばい》したが、何も言わなかった。

「どうなんです？」

半沢が語気を強めた。

白石が黙って立ち上がった。軍手はオイルに塗《まみ》れ、すっかり黒ずんでいる。

「ご存じかどうか知りませんが、わたしの弟の靖は三年近く前の深夜、赤木健太の運転する車に撥ねられて死んでしまったんです」

「そのことは知ってます。赤木は泥酔状態でハンドルを握ってた」

「ええ、その通りです。弟のほかに、結城克則というサラリーマンも轢き殺されたんです。それなのに、事故を起こした赤木の奴は軽い打撲症を負っただけでした」

「そうだったようだね」

「赤木健太は飲酒運転で二人の人間を轢き殺しておきながら、精神鑑定で責任を負う能力なしと断定されて、結局、法的なお咎《とが》めはありませんでした。七カ月ほど強制入院はさせられましたがね」

「赤木健太は重度のアル中だったんで、〝心神喪失《しんしんそうしつ》〟と鑑定されたんでしょう。酒だけじゃなく、危険ドラッグ遊びもしてたようだから、まともな思考力はなかったんでしょう」

「だからって、刑事罰を受けないなんて、おかしいですよ。法を改正すべきだ。わたしの弟と結城克則さんは、殺され損になってしまった。理不尽すぎる。被害者の身内としては、納得できませんよ。腹立たしくて仕方ありません」

「そのお気持ちは、よくわかります」

半沢が白石の肩口にそっと手をやった。動作は、ごく自然だった。指導係はぶっきら棒だが、芯《しん》は優しいようだ。

奈穂はそう思いながら、二人の遣《や》り取《と》りに耳をそばだてた。警察学校の教官は、聞き込みの際《さい》に決して威圧的《いあつてき》になってはいけないと繰《く》り返し言っていた。

人間は相手が居丈高《いたけだか》になると、どうしても反発しがちだ。だから、すべての聞き込みには礼節を忘れてはいけないと教えられた。教官は謙虚《けんきょ》さこそ、最大の味方だとも語っていた。

「この電報は、あなたが打ったんですね？」

「はい、そうです。きのうの夕方のテレビニュースで赤木健太が死んだことを知って、一種の腹いせから奴の自宅に祝電を打ったんですよ。女々《めめ》しい仕返しだとは思いましたが、何かせずにはいられなかったんだ。だって、弟たち二人は野良猫のように轢き殺されたんですよ。被害者には、まったく落ち度がなかったのにね」

「ええ」

「刑事さん、あなたの兄弟が同じような目に遭《あ》ったと想像してみてください。被害者は運が悪かったと諦《あきら》められますか？　加害者の赤木健太を赦せますかっ」

「個人感情としては、加害者を殺してやりたいと思うでしょうね。しかし、明治維新以後仇討《あだう》ちは法律で禁じられました。それだから、私的な報復に走る人間は少ないと思います。ただ、何か割り切れない気持ちは何十年も消えないでしょうね」

「そうなんですよ。ですんで、わたしは子供じみてると思いながらも、赤木の父親に厭がらせの電報を打ってしまったんです。そのことで軽犯罪になるんでしたら、わたしはそれ相応の罰を受けてもかまいません。ただ泣き寝入りするんでは、死んだ靖があまりにもかわいそうですから」

「赤木俊男さんは別段、犯罪性を云々《うんぬん》してるわけじゃないんです。もちろん、ひとり息子が死んだ日に祝電を貰ったわけだから、不愉快な思いはしたでしょうが」

「父親がもっとしっかりしてたら、赤木健太もアルコール依存症になんかならなかったにちがいない。家庭教育に問題はあったんだと思うな。いまさらそんなことを言っても、もう手遅れですが……」

「ええ、おっしゃる通りですね。ところで、白石さんはよくスポーツキャップを被ったりします？」

「登山帽は幾《いく》つか持ってますが、その種のキャップは被ったことないな。スポーツキャップは若い人たちが被るものでしょ？」

「とは限りませんよ。中高年でも、よくキャップを被ってます。現にわたしは五十二歳ですが、キャップをちょくちょく被ります。流行だからということじゃなく、薄毛隠しにもってこいなんでね」

　半沢が言って、豪傑《ごうけつ》笑いをした。

「唐突《とうとつ》に帽子のことを持ち出したのは、なぜなんです？　まさかわたしが赤木健太を歩道橋の階段から突き落としたと疑ってるんじゃないでしょうね⁉」

「一応、誰でも疑ってみるのは刑事の習性なんですよ。参考までにうかがうんですが、きのうの正午前後はどこで何をされていました？」

「その時間はスクーターの配達で、根岸《ねぎし》二丁目のお客さん宅に行ってましたよ」

「なんてお名前の方です？」

「二丁目三十×番地の木下実《きのしたみのる》さんのお宅です。五日前に木下さんの奥さんが車で店の前を通りかかられ、スクーターをお求めになったんです。しかし、展示品とは別の色がいいとおっしゃるので、メーカーから取り寄せることになったんですよ。で、きのうの朝、黄色いスクーターが入荷したんです。それで、わたしは軽トラックで商品をお届けにいったわけです。ですが、お留守でした。結局、スクーターは持ち帰りました。そのスクーターは、まだ荷台に積んであります。ご覧になりますか？」

「いいえ、結構です。きのうは粉雪が降ってましたよね。天候の悪いときにも配達に出るんですか？」

「シートで荷台をすっぽりと覆《おお》ってしまえば、商品はほとんど濡《ぬ》れません。それに一日でも早く品物をお客さんに届ければ、喜ばれると思ったんですよ。木下さん宛の納品書と請求書を見せましょう」

「それはいいですよ。それよりも、きのう、白石さんが配達に出るところを見てる方は？」

「二階にいる妻に店番を頼みましたので、彼女が……」

「奥さんのほかに誰か他人と配達するときに言葉を交わしたなんてことはありませんでした？」

「そういうことはなかったな。でも、近くの店の人が誰か軽トラックで出かけてるところを見てると思いますよ」

白石が言った。半沢が黙ってうなずき、奈穂に声をかけてきた。

「ちょっと近所を回ってみてくれないか」

「はい」

奈穂は大声で応じ、『白石サイクル』を走り出た。

両隣の商店を訪ね、白石護がきのう配達に出かけるところを見た者がいたかどうか確認する。目撃者は四人もいた。

配達に出かけた時刻は午後十二時半ごろだったと証言も一致した。彼らの話によると、配達先の根岸二丁目まで道路が空いていても、二十分はかかるという。

根岸から事件現場の金森まで、やはり二十分は要するらしい。赤木健太が何者かに突き落とされたのは、きのうの午後一時七分前後と推定される。

時間的に白石の犯行とは考えにくい。だが、白石が根岸の木下宅に向かわずに事件現場に直行したとしたら、赤木健太を階段から突き落とすことも可能だ。

きのうの午後一時前後に木下宅の近くで白石護を目撃した者がいたら、自転車屋の店主はシロだろう。

奈穂は『白石サイクル』に戻った。

指導係の半沢は、三十八、九歳の女性と話し込んでいた。相手は白石の妻だろう。彼女は納品書と請求書を半沢に見せながら、夫が根岸の木下宅にきのうの午後十二時半ごろに配達に出たことを証言している。

「わかりました。忙しいときにお邪魔して、申し訳ありませんでした」

半沢が店主夫婦に言い、奈穂に視線を向けてきた。

奈穂は聞き込みの結果を伝えた。半沢が白石に一礼し、先に店を出た。奈穂は、半沢につづいて表に出た。

覆面パトカーの中に入ってから、半沢が言葉を発した。

「白石護が根岸に行かずに金森にストレートに向かったとしたら、犯行は可能だな」

「わたし、いま、そのことを言おうとしたんです。半沢係長、根岸で聞き込みをしたほうがいいんじゃないでしょうか」

「むろん、ちゃんと裏付《ウラ》けは取るつもりだったさ」

「捜査に取りかかると、ジョークを飛ばさなくなるんですね」

「物足りないんだったら、いつでも親父ギャグを飛ばすよ」

「いまは結構です」

奈穂は笑いながら、手をワイパーのように振った。半沢が苦く笑って、覆面パトカーを走らせはじめた。

多摩ニュータウンの団地群を抜け、尾根《おね》幹線をたどって芝溝街道に出る。国道十六号線に繋《つな》がっている通りだ。馬駈《まがけ》交差点を通過すると、根岸の住宅街に入った。木下宅は町田街道の少し手前にあった。桜美林《おうびりん》大学のキャンパスの近くだった。

「車の中で休んでてくれ」

半沢がスカイラインを木下宅の数十メートル手前に停止させ、すぐに運転席から出た。蟹股《がにまた》で、歩くたびに分厚い肩が振れる。

半沢の姿が見えなくなったとき、上着のポケットの中で私物のスマートフォンが振動した。発信者は同室の室岡由起だった。

「奈穂、きのうはごめんね。長々と愚痴《ぐち》を聞いてもらって。おまけに、お酒を無理に飲ませてしまってさ」

「いいのよ。それより由起の指導係、きょうもエロいことばかり言ってるの？」

「ううん、きょうは行儀いいわ。わたし、今朝《けさ》、顔を合わせたとき、指導係を睨みつけてやったの。それで、こっちが怒ってることを察したみたいね」

「勝負あったじゃないの。由起の勝ちよ。不愉快なことを言ったら、また睨みつけてやれば？」

「うん、そうする。一カ月で研修は終わるんだから、わたし、負けないわ」

「その調子、その調子！　由起、お互いに頑張って、ちゃんと警察学校を卒業しようよ。せっかく入学したんだからさ」

「そうだね。もう弱音《よわね》なんか吐かない。将来は話のわかる少年係になって、横道に逸れかけてる少年少女の相談相手になるつもりよ」

「わたしは強行犯係の刑事をめざすわ」

「奈穂なら、きっとなれるよ。それはそうと、神林真吾も町田署で研修を受けてるんだったよね」

「そうだけど、それがどうかした？」

「奈穂、神林には気をつけなよ。あいつ、警察学校の女子に片っぱしから言い寄ってるみたいだから」

「由起も口説《くど》かれたことがあるの？」

「うん、一度だけね。二、三カ月前だったかな、知り合いがリーダーをやってるバンドが吉祥寺のライブハウスに出るから、一緒に行こうって誘われたのよ」

「そうなんだ」

「なんか急に声のトーンが落ちたみたいだけど、もしかしたら、奈穂も神林に言い寄られた？」

「実は、きのうデートに誘われたのよ」

　奈穂は経緯を話した。

「断って正解だったわよ。初任教育を受けただけで退校した貴船若葉《きふねわかば》って子、憶《おぼ》えてるでしょ？」

「うん」

「彼女、男に初心《うぶ》だったみたいで、神林にラブホテルに連れ込まれて、どうも妊娠させられたらしいのよ」

「ほんとに!?」

「神林みたいな奴に体を許すなんて、ばかな子よねえ。あいつ、自分ではイケメンのつもりでいるみたいだけど、ダサ男《お》でしょ？」

「どっちかって言うとね」

「頭も悪そうよ、あの男。そんな奴に弄《もてあそ》ばれるなんて、どうかしてるわ」

「貴船さんは寮生活に馴染《なじ》めなくて、なんか寂しかったんじゃない？　誰か頼れる人が欲しかったんだろうね」

「そうだとしても、神林みたいな男に引っかかるなんて最低よ。それはともかく、あいつ、ちょっと失礼よね。わたしよりもずっと美人の奈穂をいまごろ口説くなんてさ。わたしがデートに誘われたのは、もう数カ月前だったんだから」

「それって、自慢？」

「ううん、違うわよ。奈穂が傷ついただろうから、なんとか慰めなくちゃと思ったわけ」

「全然、慰めになってないわよ」

「逆に傷つけちゃった？」

「神林なんか眼中になかったから、ちっとも傷ついてない。わたしが密《ひそ》かに想《おも》ってる男性《ひと》が何カ月も前に由起に言い寄ってたんだったら、なんとなく面白くなかったかもしれないけどね」

「それってさ、遠回しにわたしのほうが奈穂よりも不細工だって言ってるんじゃない？　そう思ってるから、さっき声が急に沈んじゃったんだ」

「そんなふうに僻《ひが》まないの！　男も女も容姿じゃなくて、大事なのは人柄でしょ？」

「ルックスのいい奈穂にそう言われると、余計にひねくれたくなっちゃうわ。ま、いいけどね。とにかく、神林には要注意よ」

由起が一方的に言って、通話を打ち切った。

神林に言い寄られた順番がちょっと遅すぎる気がする。自分は、ぎすぎすした女に見えるのだろうか。

奈穂はスマートフォンをポケットの中に突っ込んだ。

それから間もなく、半沢が木下宅から出てきた。奈穂は助手席から降りた。

「いま木下夫人に確めてきたんだが、『白石サイクル』に五日前に黄色いスクーターを注文したことは間違いなかったよ。しかし、白石が訪ねたという時間帯には、夫人は三十分ほど近くのスーパーに買物に出かけていたらしい」

向かい合うと、半沢が小声で言った。

「留守中に配達に訪れたという内容の不在票みたいなものはポストに入ってたんでしょうか？」

「そういう類《たぐい》のものは何も入ってなかったらしい」

「ということは、白石護がきのうの午後一時前後に根岸二丁目を訪れなかったとも考えられるわけですね」

「そうだな。きのう、白石の姿か配達用の軽トラックを見た者がいるかどうか、手分けして調べてみよう」

「はい」

奈穂は半沢に指示された家々を訪ね歩いた。五軒だった。しかし、前日、白石の姿や軽トラックを見かけた者はひとりもいなかった。覆面パトカーに戻ると、半沢が車体に凭《もた》れかかっていた。

「わたしのほうは、目撃者はいませんでした」

奈穂は報告した。

「軽トラックを見かけた人間もいなかったのか？」

「はい。そちらはどうでした？」

「近所の八軒を回ってみたんだが、結果はきみと同じだったよ。白石護は店から金森に直行したのかもしれないな。『白石サイクル』に引き返して、ちょっと張り込んでみよう。白石が赤木健太殺しの犯人なら、なんらかのリアクションを起こすだろう。助手席に乗ってくれ」

半沢が運転席側のドアの把手《とって》を摑《つか》んだ。奈穂はスカイラインを回り込み、助手席に腰を沈めた。

3

張り込んで、すでに四時間が経《た》つ。

あと数分で、午後三時になる。だが、マークした人物が動きだす気配はうかがえない。半沢は生欠伸《なまあくび》を嚙《か》み殺した。

「係長、白石護はシロなんではありませんか？」

助手席で、奈穂が言った。

「そう思うのは、まだ早いな。退屈しはじめたんだろうが、もっと粘《ねば》らなきゃ」

「は、はい」

「張り込みには、粘りが大事なんだよ。根気よくマークした人間が動きはじめるのを待つ。そういう意味では、われわれは黒鮪《くろまぐろ》の一本釣り漁師と同じだね。ひたすら獲物をじっと待ちつづける。焦《じ》れたら、こっちが負けだ。オーバーに言えば、自分との闘いだな」

「いま教えていただいたこと、メモらせてもらってもいいですか」

「メモなんか取らなくてもいいって。経験を積んでいくうちに、自然にマスターできるから」

「そうですか」

「聞き込み、張り込み、尾行のどれも、最初から上手にはやれっこない。失敗しながら、仕事を覚えていけばいいいんだよ。おれも刑事になりたてのころは、よく失敗《ドジ》を踏んだもんさ」

「どんな失敗をしたんですか？」

「真夏の日中の張り込みのとき、喉《のど》がものすごく渇《かわ》いたんで、自動販売機まで缶入りのコーラを買いに走ったんだ。その隙《すき》に被疑者に逃《フ》げられてしまったんだよ」

「張り込みも尾行もペアでやってるんですよね。相棒の方は？」

「あんまり暑いので、ちょっと日陰に入ってたんだよ。そこから、被疑者宅は半分しか見えなかったんだ」

「そうだったんですか」

「おれたち二人は、上司にたっぷり油を搾《しぼ》られたよ」

「その被疑者は、どうなったんです？」

「数日後、愛人宅に立ち寄ったところを逮捕《パク》った。そいつは街金業者で、商売仇を車ごと焼き殺したんだよ。拳銃を持って逃亡してたんだ」

「発砲してきたんですか？」

「ああ、二発ね。しかし、的《まと》から大きく逸れてた。しかし、撃たれるかもしれないと思ったときは、さすがに竦《すく》み上がったよ」

「そうでしょうね」

「冬の張り込みも辛《つら》いな。車の外で張り込んでると、体の芯まで冷えきって手がかじかんでくるんだ。歯の根も合わなくなるな。そんなときは、つくづく因果な商売だと思ったりするよ」

「でしょうね。でも、転職する気になったことはないんでしょ？」

「それは一度もなかったな。刑事は天職だと思ってたからね。ただ、一度だけ辞表を書こうとしたことがあったよ」

半沢は「白石サイクル」の店先を見ながら、低く呟いた。

「何があったんです？」

「強殺犯《ごうさつはん》が刃物を振り回して激しく抵抗したんで、空に向けて一発、威嚇射撃《いかくしゃげき》したんだよ。放った銃弾がテナントビルの袖看板《そでかんばん》に当たって、その跳弾《ちょうだん》が歩行中のラブラドール・レトリバーに当たってしまったんだ」

「盲導犬だったんですか？」

「そうなんだよ。その犬は後ろ肢《あし》の骨が砕《くだ》け、リタイアしなければならなくなった。パートナーの女性とは五年近いつき合いだったらしい。怪我を負わせた犬と視覚障害者の方に申し訳なくて、依願退職する気になったんだ。しかし、鳩山範男《のりお》署長に慰《い》留《りゅう》されたし、盲導犬協会の方たちも不可抗力だったからと赦してくれたんだよ」

「そんなことがあったんですか。お辛い体験でしたね」

「ああ。あれ以来、威嚇射撃はしてない。何度か危ない思いをしたんだが、発砲はしなかったんだ」

「できれば、退官するまで一発も撃ちたくないですよね。わたし、射撃術は上級なんですけど、シグ・ザウエルＰ230ＪＰの弾倉《マガジン》に装弾するとき、とっても気分が沈んでしまうんです」

「そういう感覚は持ちつづけるべきだな。凶悪犯罪の増加で法改正されて、以前より威嚇射撃と反撃がしやすくなったが、発砲は極力《きょくりょく》、避けるべきだ」

「わたしも、そう思います」

　奈穂が同調した。

「鳩山署長には、もう会ったんだろう?」

「はい、きのうの朝に。小杉課長に連れられて、署長室に挨拶《あいさつ》に伺《うかが》ったんです。優しそうな方でした」

「好人物だよ。鳩山署長は有資格者《キャリア》のひとりなんだが、ちっとも官僚臭くない。きみもう気づいてるだろうが、職員を含めて約二十九万七千人の警察社会は六百数十人のキャリアに支配されてると言っても過言じゃないんだ。エリートである警察官僚の多くは、現場の捜査員を自分らの手足程度にしか思ってない」

「そうなんでしょうか」

「しかし、鳩山署長は下積みの刑事にも温《あたた》かく接してくれる。単に世渡りがうまいということではなく、ひとりひとりを捜査のプロと評価してくれてるんだ。五十四歳のキャリアが未《いま》だに警察庁に戻れないんだから、出世は遅いほうだろう。だが、おれは署長を尊敬してる」

半沢は言葉に力を込めた。

押《な》し並べてキャリアたちは上昇志向が強く、万事に考え方が保守的だ。自己保身の塊《かたまり》と言ってもいいだろう。

だが、鳩山署長は軸《じく》のある生き方をしている。

一本筋《すじ》が通っていた。署長は離婚歴のある女性と大恋愛をし、妻に迎えた。

そのことは、キャリアには大きなマイナスになる。無難な相手と結婚しないと、出世の妨《さまた》げになるわけだ。

ノンキャリア組でさえ、恋愛相手当人はもちろん、その三親等《さんしんとう》までの思想、職業、犯歴に拘《こだわ》る。過去に離婚歴のある女性と結婚した警察官僚はひとりもいないのではないか。

鳩山署長は敢然と不文律《ふぶんりつ》を破った。半沢は、そうした気骨のある男が好きだった。

自分も侠気《おとこぎ》のある生き方をしたいと考えている。

「署長も半沢係長のことは高く評価してるようでしたよ。同席してる小杉課長が白けるほど褒《ほ》めてましたから」

「課長には課長のよさがあるんだろうが、署長やおれとは価値観が違うからな。小杉課長は社会的に成功した者を無条件に敬《うやま》う傾向があるが、おれたちは人間臭い連中に惹《ひ》かれる」

「ええ、それは感じ取れます」

「少しきれいごとを言っちまったな」

「そんなことありませんよ」

奈穂が言った。

半沢は面映《おもはゆ》くなって、煙草に火を点けた。換気を強め、吐き出した煙をできるだけ車の外に逃《のが》す。

白石が店から出てきたのは、午後三時四十分ごろだった。

作業服姿ではなかった。チャコールグレイのタートルネック・セーターの上に、茶色いツイードジャケットを重ねていた。下はライトグレイのウールスラックスだ。

「どこかに出かけるようですね」

奈穂が小声で言った。

半沢は黙ってうなずき、白石の動きを目で追った。白石は店の脇に駐《と》めてある黒いセレナに乗り込んだ。半沢は一定の距離を保《たも》ちながら、セレナを尾行しつづけた。

白石の車は多摩ニュータウン通りを町田街道に向かい、京王相模原線の多摩境《たまさかい》駅の手前の花屋の前で停まった。白石は店内に駆け込み、二つの花束を求めた。片方は真紅のバラの束《たば》だった。もう一方は、墓前に捧《ささ》げる花束のように見えた。

セレナは多摩ニュータウン通りを道なりに進み、町田街道を右に折れた。相原《あいはら》交差点を左折し、千メートル前後走った。

どこか寺に行くのだろうか。

半沢はスカイラインで白石の車を追尾《ついび》した。ほどなくセレナは、由緒《ゆいしょ》ありげな寺の駐車場に滑《すべ》り込んだ。

半沢は覆面パトカーを寺の外に駐め、奈穂と境内《けいだい》に足を踏み入れた。白石は寺の庫《く》裡《り》には寄らずに、墓地に向かった。水の入った桶《おけ》と花束を手にしている。

半沢たちは少し間《ま》を取ってから、墓地に入った。

白石は中ほどの墓石の前に屈《かが》み込んでいた。線香の煙がほぼ垂直に立ち昇《のぼ》っている。

「きみは、ここで墓石の陰に身を潜《ひそ》めててくれ」

半沢は研修生に言い置き、抜き足で白石の背後まで迫った。

「靖、喜んでくれ。おまえを轢き殺した赤木健太は、きのうの正午過ぎに死んだよ。

これで、おまえもやっと成仏《じょうぶつ》できるな。無念だったろうが、安らかに眠ってくれ」

白石が墓石に向かって語りかけ、一分ほど合掌した。

まだ声をかけるわけにはいかない。半沢は足音を殺しながら、奈穂のいる場所まで引き返した。

「三年前に死んだ弟さんのお墓参りですか？」

奈穂が囁《ささや》き声で問いかけてきた。

「ああ、そうだった」

「バラの花束はセレナの中ですよね？」

「そうだ。白石は、ここからどこかに行くつもりなんだろう。先に車に戻るぞ」

半沢は大股《おおまた》で歩きだした。すぐに奈穂が従《つ》いてきた。

覆面パトカーの中で、白石を待つ。

寺の境内からセレナが走り出てきたのは、およそ十五分後だった。半沢は、またも白石の車を尾《つ》けはじめた。

セレナは町田街道に出ると、町田駅方面に向かった。二十分ほど走り、菅原《すがわら》神社の前を左折し、本町田方向に進んでいる。

「おそらく白石は赤木宅に行くんだろう」

半沢は運転しながら、奈穂に言った。

「祝電だけの厭がらせじゃ足りなくて、赤いバラを……」

「多分、そうなんだろう。懲《こ》りない奴だ」

「大人げない報復ですけど、気持ちはわかります。実の弟が酔っ払い運転の犠牲になったんですから」

「そうだな」

会話が途絶《とだ》えた。

半沢の予想は正しかった。やがて、白石のセレナは赤木邸の前に停まった。門灯も家の中も灯《ひ》は点いていない。赤木健太の葬儀はどこかセレモニーホールで執り行われることになり、両親は打ち合わせか何かで外出しているようだ。

白石が車を降りた。

バラの花束を抱えている。白石は執拗《しつよう》にインターフォンを鳴らしたが、まったく応答はなかった。白石はバラの花束を門扉越しに庭先に投げ込んだ。数輪、包みから零《こぼ》れた。

白石が何か罵《ののし》りながら、門の扉《とびら》を強く蹴りはじめた。

「ちょっと注意してくる」

半沢は奈穂に言って、スカイラインを降りた。ドアを閉める音で、白石が振り向いた。すぐに逃げる素振りを見せた。

「逃げない、逃げない！」

　半沢は言いながら、白石の前に立ちはだかった。

「店から、ずっとわたしの車を尾行してたんだなっ。なぜなんです？」

「あなたがきのう、根岸の木下さん宅を訪ねたという裏付けが取れなかったからです。近所で聞き込みをしたのですが、残念ながら、白石さんの姿を見かけた人は皆無だったんですよ」

「わたしは嘘《うそ》なんかついてない。木下さんのとこにスクーターを届けに行ったんだ」

「しかし、それを立証するものがありません」

「わたしが赤木健太を殺したと疑ってるんだな」

「そこまでは言ってないでしょ？　アリバイがないので、あなたの動きをちょっと探《さぐ》らせてもらっただけです。それより、子供っぽい仕返しはもうやめなさいよ。きのうの祝電といい、きょうの赤いバラといい、ちょっと大人げないでしょ？」

「他人事《ひとごと》だから、そんなことが言えるんだ。靖は、たったひとりの弟だったんだっ。赤木健太が飲酒運転さえしてなかったら、いまごろ靖は元気で働いてただろう」

「悔《くや》しさはわかりますが、弟さんが亡《な》くなってから三年になろうとしてるんです。なぜ、いまごろ赤木健太の身内に厭がらせをする気になったんです？」

「赤木健太が死んだというニュースを聞いて、忘れかけていた怒りがぶり返したんだよ。健太の育て方が悪かった父親を半殺しにしてやりたい気持ちだったんだが、まさかそれを実行するわけにはいかない。それで、厭味たっぷりな祝電を打って、さっき真紅のバラを庭先に投げ込んだんだよ」

「そんなことをしても、亡くなった弟さんは喜ばないと思うがな。もっと冷静になりなさいよ」

「わたしを器物損壊《きぶつそんかい》の容疑で逮捕して、赤木殺しの自供を迫る魂胆《こんたん》なんだろうが！　しかし、やってないことは吐きようがないじゃないかっ」

「逮捕する気なんてありません。しつこいようですが、きのうの午後十二時半過ぎに根岸の木下さん宅に行ったという話は事実なんですね？」

「何度も同じことを言わせないでくれ！」

白石が憤然《ふんぜん》と言い、自分の車に走り寄った。

半沢は引き留《と》めなかった。アリバイは不確かだったが、心証《しんしょう》では白石はシロだった。深追いしたら、人権問題に発展しかねない。ひとまず泳がせたほうがよさそうだ。

半沢は白石のセレナを見送った。覆面パトカーに向かって歩きだしたとき、懐で刑事用携帯電話が鳴った。ポリスモードと呼ばれている。制服警官にはＰ《ピー》フォンが貸与されていた。

半沢は刑事用携帯電話《ポリスモード》を取り出し、ディスプレイを見た。発信者は部下の草刈だった。

「結城克則の遺族に何か動きがあったようだな？」

半沢は真っ先に問いかけた。

「そうなんですよ。実は、いま自分と村尾は森野《もりの》四丁目にある『町田セレモニーホール』にいるんです。赤木健太の亡骸《なきがら》は杏林大学から、こっちに搬送《はんそう》されたんです」

「今夜、仮通夜《かりつや》が営まれるのか？」

「ええ、そうです。明日が本通夜《ほんつや》で、明後日《あさって》が告別式だという話でした。故人の両親はホールの中にいます」

「それで？」

「会館の周辺を結城智史《ともふみ》がうろついてるんですよ、何か思い詰めたような表情でね。およそ三年前に赤木の車で轢き殺された結城克則の実弟です。三十七歳で、元陸上自衛官です。現在は大手の警備保障会社に勤務してるんですが、聞き込みで、カーッとしやすい性格だとわかったんですよ。結城は上官を殴って自衛隊を辞めたらしいんです。職務質問《バン》かけて、結城にフェイントかけたほうがいいんじゃないでしょうか」

「刃物か何か隠し持ってる様子なのか？」

「ひょっとしたら、持ってるかもしれません。とにかく、様子がおかしいんですよ。酒気は帯びてますし、目が据《す》わってるんです。結城智史は赤木健太殺しに関与してて、捜査の動きを探りに来たんじゃないかな。そうじゃないとしたら、健太の父親に危害を加えるつもりで、『町田セレモニーホール』の周辺をうろついてるんでしょう」

「これから、そっちに向かう。それまで、おまえたちは待機しててくれ」

「いま、どちらです？」

草刈が訊いた。

「玉川学園の赤木宅の前だ。白石護のアリバイが不確かだったんで、ちょっとマークしてみたんだよ」

「白石は何かやらかしたんですか？」

「ちょっとな」

半沢は、白石が真紅のバラ束を赤木宅の庭先に投げ込んだことをかいつまんで話した。

「親方、もっと白石に張りついたほうがいいんじゃないですか？　祝電のこともあるし、アリバイも曖昧《あいまい》ですから」

「そうなんだが……」

「白石が怪しいな」

「おれの心証では、彼はシロだね」

「親方の勘はよく当たるけど、百パーセントってわけじゃありません。自分は、白石をマークすべきだと思います」

「仮に白石が本件の真犯人《ホンボシ》だったとしても、すぐに高飛びしたりしないだろう。とにかく、そっちに行ってみるよ」

半沢は電話を切り、あたふたとスカイラインに乗り込んだ。

奈穂に経過を手短に伝え、アクセルを踏む。裏通りから鎌倉街道に出て、署の前を素通りした。それから間もなく森野の『町田セレモニーホール』に着いた。

四階建てで、一階の約半分は専用駐車場になっていた。草刈は葬儀会館の出入口のそばに立っていた。相棒の村尾刑事はピロティーの真下にたたずんでいる。

半沢はスカイラインを黒いスカイラインの横に停めた。草刈たちが使っている覆面パトカーだ。

半沢は研修生とともに車を降りた。すぐに村尾巡査長が駆け寄ってきた。まだ二十八歳の独身刑事だ。角張った顔で、背は低い。

「結城智史は、まだこの近くにいるのか？」

半沢は問いかけた。

「ええ、いると思います。親方、ほかの二チームから何か連絡は？」

「何もないな、現在のところ」

「そうですか。今井さんと宇野さんの二人は、結城の友人たちの動きを探ってるはずです」

「堀切と森のペアは、結城克則と交際してた女性のアリバイ調べをしてるんだったな?」

「はい」

「村尾は研修生とここにいてくれ」

「了解!」

村尾が敬礼した。

半沢は専用駐車場を出て、草刈に走り寄った。

「親方、早かったですね」

「結城智史はどこにいる?」

「二十メートルほど先の暗がりに突っ立ってます。右側ですよ」

草刈が小声で告げた。

半沢は闇《やみ》を透《す》かして見た。民家のガレージの前に、逞《たくま》しい体軀《たいく》の男がのっそりと立っていた。上背もあった。

「念のため、少し前に結城の勤務先に電話で問い合わせてみたんですが、きのうときょうは風邪で熱があるとかで欠勤してるという話でした」

「そうか」

「つまり、結城智史が赤木健太を殺《や》った可能性もあります。むろん、アリバイがなければですがね」

「彼は独身なのか？」

「ええ。立川市曙町《あけぼのちょう》の賃貸マンションが現住所です。実家は神奈川県川崎市麻生《あさお》区《く》にあります」

「そう」

「風邪をひいて会社を休んでる奴がこのあたりをうろついてるのは、おかしいですよ。白石護も臭いですが、結城も何か企《たくら》んでるのかもしれないな。いや、すでに赤木健太を殺害した疑いもあります。そして、さらに健太の父親にも何かしようとしてるのかもしれませんよ」

「草刈、結論を急ぐな。刑事の勘は大事だが、ちゃんとした裏付けがあるわけじゃないんだ」

「ええ、そうですね。それはそうと、どうも結城は自分たちの張り込みに薄々、勘づいてるみたいなんですよ」

「そうなのか。それじゃ、おれが替わろう。おまえは会館の中に入ってろ」

「親方も、すぐ刑事だとわかっちゃいますよ。結城は元自衛官だから、勤め人や自営業者よりもそのへんの嗅覚《きゅうかく》はあるでしょう？」

「だろうな」

「自分にいい考えがあります。伊織巡査をここに立たせましょう」

「しかし、まだ彼女は一人前の警察官じゃないんだ」

「ええ、まあ。しかし、すでに初任教育は修了してますし、職階は巡査なんです。いい勉強になると思いますけどね」

「そうするか」

半沢は会館に戻り、奈穂を手招きした。

4

腕時計に目をやる。

それは芝居だった。奈穂は人待ち顔を装って、暗がりに立つ結城智史を見張っていた。指導係の半沢は十五メートル後方にたたずんでいる。結城からは見えない場所だった。

草刈は葬儀会館の前に立っている。村尾は駐車場の中だ。

結城は、なぜセレモニーホールの周《まわ》りをうろついているのか。

奈穂は推測しはじめた。白石と同じように赤木健太が死んだというニュースに接して、三年あまり前の憤《いきどお》りが蘇《よみがえ》ったのだろうか。そして、息子を甘やかしていた赤木俊男に改めて腹立たしさを覚えたのか。

そうだとすれば、結城は赤木を捕《つか》まえて天罰が下《くだ》ったのだと面罵《めんば》する気でいるのかもしれない。それとも弔問客の振りをして、柩《ひつぎ》に黒インクか墨汁《ぼくじゅう》をぶちまける気でいるのだろうか。

どちらにしても、結城は赤木健太の遺族に何か悪さをするつもりなのだろう。半沢の話では、結城はきのうときょうの二日間、欠勤したらしい。

元自衛官がスポーツキャップを目深《まぶか》に被って、赤木健太を付け回していたのか。それで、金森の歩道橋の上で三年前のことで強く謝罪を求めたのだろうか。

しかし、赤木は取り合おうとしなかった。結城は逆上し、歩道橋の階段から赤木を突き落としたのか。

奈穂はそこまで推理して、素朴な疑問にぶち当たった。結城の兄が車に撥ねられて死んでから、ほぼ三年になる。遺族の怒りが消えることはないだろうが、歳月とともに徐々に薄れるものではないか。

いまになって、結城が仕返しをする気になるものか。赤木の死を伝える事件報道によって、憤りと無念さを新たにしたのだろうか。

結城がダウンジャケットのポケットを探った。

奈穂は一瞬、緊張した。何か凶器を取り出すかもしれないと思ったのだ。しかし、結城が摑み出したのはスマートフォンだった。

アイコンに触れ、スマートフォンを耳に当てる。だが、結城は喋《しゃべ》りだそうとしない。電話が繋がらないのか。そうではなく、結城は誰かに厭がらせの無言電話をかけたのだろうか。どちらとも思える。

結城がスマートフォンを懐に戻した。それから間もなく、彼は意を決したような顔つきで『町田セレモニーホール』に接近してきた。

結城を会館の中に入れないほうがよさそうだ。

奈穂はそう判断し、結城の行く手を阻《はば》んだ。

「何だよっ」

「あなたは結城智史さんでしょ？」

「そうだが、そっちは？」

「警察の者です。『町田セレモニーホール』に入るつもりだったんでしょう？」

「おれがどこに行こうが、自由だろうが！」

「それはそうですけど」

「これは職務質問なのか？　そうだとしても、質問に答えなきゃならない義務はない。どけよ、邪魔だ！」

結城が声を張り、奈穂の肩を強く突いた。

奈穂は反射的に結城の右手首を摑んで、大きく捻《ひね》った。合気道《あいきどう》の基本技だった。結城が横に転がった。

「あっ、ごめんなさい。考える前に、体が動いてしまったんです」

奈穂は詫《わ》びた。

結城が敏捷《びんしょう》に起き上がり、奈穂の背後に回った。次の瞬間、奈穂の首に結城の右腕が回された。

「離れなさい。公務執行妨害になりますよ」

奈穂は言いながら、全身でもがいた。だが、かえって結城の腕が喉を圧迫する形になった。

奈穂は肘《ひじ》で結城を弾《はじ》こうとした。しかし、その前に一歩退《さ》がられてしまった。こうなったら、パンプスの踵《かかと》で相手の向こう臑《ずね》を思い切り蹴るしかなさそうだ。

奈穂は右足を浮かせた。

ちょうどそのとき、結城の体が引き剝《は》がされた。すぐ横に半沢が立ち、結城の後ろ襟を摑んでいた。そのまま相手を釣り込んで、足を払う。

結城が横倒しに転がり、短く呻《うめ》いた。

「町田署の者だ。まだ荒っぽいことをする気なら、公務執行妨害容疑で緊急逮捕するぞ。それでもいいのかっ」

半沢が言った。結城は無言で立ち上がった。

「わたしが悪いんです」

奈穂は半沢に声をかけた。

「きみは先に仕掛けたわけじゃない。合気道の防禦技《ぼうぎょわざ》を使っただけだ。おれは一部始終を見てたんだよ」

「わたしが、とっさに後退すればよかったんです」

「後《あと》は、こっちに任せてくれ」

半沢が言った。奈穂は指導係の後ろに回った。

「結城智史さんだね？」

「なんで警察がおれをマークしてるんだ⁉」

「三年ほど前にお兄さんの克則さんが赤木健太の車に撥ねられて死んだでしょ？」

「それがどうだって言うんですっ」

「赤木は泥酔状態で車を運転して、二人も通行人を死なせた。しかし、精神鑑定で心神喪失とされ、何も刑事罰を受けなかった。被害者の身内には納得できない話だよな。法で赤木健太を裁《さば》けないなら、せめて個人的な仕返しをしてやりたいという気持ちもわからなくはないよ。だが、私刑《リンチ》は双方に憎悪を与えるだけで、問題の解決にはならない」

「…………」

「あんたは、きのう殺された赤木健太の仮通夜がこのセレモニーホールで営まれることを何らかの方法で調べ、遺体を穢《けが》す気になったんじゃないの？　それとも、息子を真っ当に育て上げなかった父親の赤木俊男さんを人前で罵倒《ばとう》する気だったのかっ」

「刑事さんは勘違いしてるな」

「勘違いしてるって？」

「そう。兄貴のことでは、確かに赤木健太を憎んでたよ。それから、息子を育て損なった父親も赦せない気持ちだったな。だからって、二人に荒っぽい仕返しをする気なんてなかった。傷害で捕まったりしたら、ばかばかしいからね。だからさ、おれは合法的な手段で赤木父子に報復する気になったんだ」

「どんな手を使ったんだ？」

「赤木俊男の後妻を寝盗《と》ったんだよ」

「ほんとなのか⁉」

「ああ。おれは姿子がストレス解消に週に一回、厚木のクレー射撃場に通ってることを突きとめて、彼女に接近したんだよ。おれは、かつて陸上自衛隊の隊員だったんだ。それだから、銃器の扱いには馴《な》れてる。自動小銃や拳銃の実射経験も積んでたから、姿子に射撃術のコツを教えてやることができたんだ」

「そうこうしてるうちに、赤木夫人と親密になったわけか」

「そうだよ。もう一年以上も不倫関係はつづいてる」

結城が言った。

そんなドラマのようなことが現実に起こったのだろうか。結城は作り話で、捜査の網から逃《のが》れようとしているのかもしれない。

奈穂は、結城の話を鵜呑《うの》みにはできなかった。姿子は、もう四十女だ。小娘ではない。分別のある人妻が火遊びにうつつを抜かすものだろうか。

「そっちは、赤木夫人を力ずくで……」

「合意だったさ。姿子は旦那が事業一筋で、あんまりかまってもらってなかったんだ。物質面では贅沢《ぜいたく》させてもらってたが、女としての幸せはあまり感じてなかったんだよ。それだから、おれに気持ちがなびいたんだろうな」

「色男なんだ、あんたは」

半沢の声は、どこか棘々《とげとげ》しかった。人妻を誑《たら》し込んだ男を軽蔑《けいべつ》しているのだろう。

「おれは姿子を寝盗《と》って、少しは溜飲が下がったよ。赤木のプライドを傷つけることができたわけだからさ。それで頃合《ころあい》を計《はか》って、赤木に後妻の裏切りを教えてやるつもりでいたんだ。しかし、姿子と密会を重ねているうちに……」

「不倫相手を本気で好きになってしまったんだな？」

「そう。で、先月、姿子に旦那と別れて、このおれと一緒に暮らそうと言ったんだよ。姿子は、少し考える時間が欲しいと言った。おれはオーケーしたよ」

「先をつづけてくれ」

半沢が促《うなが》した。

「きのうの朝、出勤前に姿子から電話があったんだ。さんざん思い悩んだんだが、やはり、妻の座を捨てる勇気はないと言って、彼女はおれとの関係を清算したいとはっきりと……」

「あんたは、不倫相手が自分の胸に飛び込んでくれると思ってたんだな？」

「ああ、てっきりね。おれと一緒にいるとき、いつも姿子は幸せそうだったんだ。だから、彼女もおれに惚《ほ》れてくれてると信じて疑わなかったんだよ。しかし、彼女はへそくりの六百万をそっくりあげるから、もう自分につきまとわないでくれと言ったんだ。おれは姿子から口止め料も手切れ金もせしめる気なんかなかった。だから、悲しかったよ。ショックが大きくて、とても会社に行く気になれなかったんだ。きのうは自宅マンションで、朝から夜まで自棄酒《やけざけ》を飲んでた」

「ずっと？」

「そう。部屋から一歩も出ないで、酒を浴びるように飲んでたんだ」

「部屋に誰か訪ねてきた者は？」

「来客はなかったよ、まったくね。きょうになって、おれは未練を断ち切れないことをはっきりと自覚したので、もう一度姿子に考え直してくれって電話をしたんだ」

「赤木夫人の反応はどうだったんだい？」

「別人のように冷ややかだったよ。夕方、健太の仮通夜が『町田セレモニーホール』で営まれることになったから、会う時間は作れないと言われたんだ。それから何度も電話したんだが、ずっとスマホの電源は切られてた」

「で、きょうも会社を休んで、この会館にやってきたわけか？」

「そうだよ。幾度か館内に入りかけたんだが、姿子の旦那と殴り合いになってはまずいと思って、外から電話をかけつづけてたんだ。しかし、ずっと繋がらなかった。もどかしくなって、またセレモニーホールの中に入る気になったとき、おたくの部下に立ち塞《ふさ》がられたんだよ」

「赤木夫人はよくよく考えて、あんたと別れる気になったんだろう。辛いだろうが、姿子さんのことは諦めてやるんだな」

「おれは姿子にぞっこんなんだ。彼女と別れることはできない。刑事さん、ホールの中にいる姿子を呼んできてくれませんか。もう一回、彼女と話し合いたいんだ」

「それはできないな」

「おれは、どうすればいいんだ」

結城が肩を落とした。

奈穂は、さきほどから気になっていたことを結城に訊く気になった。

「あのう、赤木夫人はあなたのお兄さんが健太の車に撥ねられたことを知ってるんですか？」

「ああ、知ってるよ。姿子には半年ぐらい前に何もかも打ち明けたんだ。彼女はおれたち遺族に同情してくれてたんだよ。だから、姿子が赤木と別れてくれると思い込んでたんだが……」

「自分のほうがあなたよりも年上で、バツイチの花嫁になることにためらいがあったんじゃないのかしら？　好きな男性だからこそ、妙な負い目は感じたくなかったんだと思います」

「そんなことは気にするなと何遍《なんべん》も言ったんだ。姿子はわかってくれたはずだよ」

「赤木夫人ともう一度話し合うにしても、いまはまずいですよ。故人の告別式が終わってから、よく話し合われたら？」

「おれは、そんなに待てない。少しでも早く姿子の本心を聴《き》きたいんだ」

「わがままですね。というより、利己的です。相手は弔《とむら》いごとで取り込んでいるんです。赤木夫人をそれほど想ってるんでしたら、少しは相手の立場も考えてあげるべきですよ」

「こっちも、そう思うね」

すぐに半沢が同調した。結城が唸《うな》って、考える顔つきになった。

「ほんの二、三日の辛抱《しんぼう》じゃないか。男だったら、そのぐらいの我慢をしてやれよ」

「しかし……」

「何事も急《せ》いては事を為損《しそん》じる。ひとまず引き揚げるんだね」

半沢が諭《さと》すように言った。

すると、結城が無言でうなずいた。すぐに彼は体を反転させ、足早に歩み去った。

「怖い思いをさせて悪かった。勘弁してくれ」

半沢が言って、ぺこりと頭を下げた。

「気にしないでください。いい勉強をさせてもらって、わたしは感謝してるんです。それよりも、大丈夫なんですか？」

「何が？」

「わたしの指導にかかりっきりだと、部下の方たちはなんとなく面白くないと思うんですよ」

「草刈あたりに何か厭味を言われたのか？」

「いいえ、別に。どうしてそう思われたんですか？」

「あいつは、草刈は強行犯係の仲間たちを家族のように思ってる。家族というよりも、擬似兄弟といったほうが正しいかな。さしずめ、おれは長兄ってところなんだろう。草刈は身内意識が強いから、つい他所者《よそもの》には身構えてしまうんだよ。きみにきついことを言うかもしれないが、それほど悪意はないはずだ」

「草刈さんは、わたしが指導係に甘えてばかりいるので、苦々しく感じてるのかもしれませんね。そうじゃないとしたら、嫉妬《しっと》しているんだと思います」

「嫉妬だって⁉　あいつは男だぜ」

「性別を問わず、自分が信頼してる人物は独占したくなるんじゃありませんか？」

「そうなのか。おれには、そういう心理がよくわからない。そんな難しいことは、カンガルーが考える！　ちょっと寒かったかな」

「職務中、洒落はやめなしゃれ！」

奈穂もジョークを返した。

「おふざけはこれぐらいにして、結城の話が事実かどうか確認しないとな」

「赤木夫人に直《じか》に確かめるんですか？　それは、ちょっと問題だと思います。だって、姿子さんのそばには旦那さんがいるでしょ？」

「亭主のいる所で話を聞いたりしないさ。一緒に来てくれ」

半沢が語尾とともに歩きだした。奈穂は慌てて係長を追った。

館内に入ると、半沢が案内嬢《じょう》に呼び出しを頼んだ。奈穂たちはロビーの隅のソファに腰かけた。近くに人の姿は見当たらない。

数分待つと、黒っぽいスーツをまとった姿子がやってきた。奈穂はソファから立ち上がり、半沢の前に赤木夫人を坐らせた。

「お取り込みのところ、お呼び立てして申し訳ありません。実はですね、結城智史さんとのご関係を確認したかったもので……」

「えっ」

姿子が絶句した。みるみる顔から血の気が引きはじめた。

「ご主人に余計なことは一切《いっさい》、申しません。ですんで、正直にお答えいただきたいんですよ。彼とは、一年ほど前から親密な関係だったとか？」

「結城さんがそう言ったんですね」

「ええ、まあ」

「否定はしません。夫の愛情が冷めたと感じていたときに彼に優しくされたので、つい深間《ふかま》に嵌《は》まってしまったんです。といっても、いわゆる火遊びなんかではありませんでした」

「そうですか」

「わたし、赤木と離婚して、結城さんと再出発しようとも真剣に考えたんです。でも、もうわたしは若くありません。しかも彼よりも年上ですから、熱情が冷めれば、その先のことはおおよそ予想できます」

「………」

「わたしが彼に飽《あ》きられることを恐れたのは事実ですが、離婚に踏み切れなかった理由はそればかりではないんです。結城さんは短気ですけど、とっても責任感が強いんです。わたしが彼の許《もと》に走ったら、たとえ愛情がなくなっても、ずっと添い遂げようとするでしょう。年下の男性にそういう負担をかけたくなかったんですよ。それで、きのうの朝早く結城さんのスマホに電話をして別れようと切り出したんです」

「そうらしいですね。で、彼は会社を休んで自宅マンションに引き籠《こも》って、夜まで酒を呷《あお》ってたと言ってました」

「もしかしたら、結城さんはこのホールの近くまで……」

「ええ、あなたへの未練が断ち切れないとかでね。あなたがスマホの電源をずっと切ってるんで、こちらに来たと言ってました。どうしても、もう一度話し合いたかったようですが、きょうは引き取ってもらいました」

「刑事さんたちは、彼が健太さんを歩道橋の階段から突き落としたと疑って、尾行してたんですか？」

「そういうわけじゃないんですよ。およそ三年前に轢き殺された実兄のことで結城さんが健太さんを恨んでるかもしれないと、一応、アリバイを確認しただけです。しかし、あいにく……」

「ずっと部屋でお酒を飲んでたとしたら、それを証明してくれる方はいないでしょうね」

「そうなんですよ」

「結城さんのアリバイはないってことになるんでしょうが、彼は主人の息子を殺したりしないと思います。健太さんのことは憎んでたでしょうけど、見境もなく暴走はしませんよ」

「ええ、多分ね」

半沢は明確な返事を避けた。

刑事としては、最も賢い応じ方なのだろう。奈穂は胸奥《きょうおう》で呟いた。

「きのうの正午前後にどこか町田から離れた場所で結城さんと会って別れ話をしてれば、彼のアリバイはできたのね。そうしてあげればよかったわ」

「奥さん、結城さんにはアリバイが確かじゃないというだけで、別に重要参考人扱いしてるわけじゃないんですよ」

「でも、アリバイがないわけですから、完全に事件には無関係だと思われてるんじゃないんでしょ？」

「ええ、それはね。参考までにうかがうんですが、結城さんは黒いスポーツキャップを持ってます？」

「ええ、持ってますね。わたしとデートしたとき、何度か被ってましたから。でも、キャップは何年も前から流行《はや》ってるから、被ってる男の人は多いはずです」

「ええ、そうですね。彼の靴のサイズまではわからないだろうな」

「いいえ、わかりますよ。確か二十六センチでした。彼の誕生日にワークブーツをプレゼントしましたので、はっきりと憶えています」

「二十六センチでしたか」

「事件現場に遺されてた犯人のものと思われる靴痕も同じサイズだったんですね？」

「ええ、まあ」

「それは、ただの偶然だと思います。彼のお兄さんが亡くなったのは、もう三年近く昔のことなんです。いまになって、兄の仇討ちをする気になるとは思えません。刑事さん、どうか結城さんの言葉を信じてあげてください。この通りです」

　姿子が哀願口調で言った。

　半沢が黙ってうなずいた。

　赤木夫人は心底、結城智史に惹かれているようだ。二人は結ばれなかったが、恋の残り火は心の中で燃えつづけるのだろう。それこそ、究極の恋愛なのかもしれない。

　奈穂は、姿子の横顔を見つめつづけた。

第三章　透《す》けた怨恨《えんこん》

1

部下たちの顔が揃《そろ》った。

署内の会議室である。『町田セレモニーホール』から職場に戻ったのは、小《こ》一時間前だった。

半沢は各班に聞き込みの報告をさせた。

残念ながら、有力な情報はなかった。いま現在、気になるのは白石護と結城智史の二人だ。ともにアリバイの裏付けは取れていない。

「自分は、結城が気になりますね」

草刈が発言した。

「不審に思った理由は？」

「第一に、自宅マンションに朝から夜まで引き籠《こも》って酒を飲んでたという供述が嘘《うそ》っぽいですよ。近所のスーパーかコンビニには行くでしょ、一度ぐらいは」

「しかし、結城は好きになった赤木夫人に別れ話を持ち出されて、かなりショックを受けてたんだ。とても部屋から出る気にはならないんじゃないのか」

「ま、それは譲ることにしましょう。ですが、靴のサイズが二十六センチと一致してる。そのことも、なんか気になりますね」

「草刈、二十六センチ前後の靴を履《は》いてる男は多いんじゃないか。おまえの靴のサイズは？」

「二十七センチです。親方は？」

「おれは二十六センチの靴を履いてる」

半沢は答えた。すぐに宇野と森が同サイズだと言った。

「二十六センチの靴を履いてる男は、確かに多いでしょう。しかし、親方、結城は一種の腹いせから、赤木夫人を寝盗《と》ったんですよ」

「ああ、最初はそうだったんだろうな。事実、本人がそう言ってた」

「そういったタイプの男が姿子に惚《ほ》れたからって、兄を轢《ひ》き殺した赤木健太を赦《ゆる》す気になるとは思えません。恋愛は恋愛、復讐《ふくしゅう》は復讐でしょ？」

「そうだが、赤木夫人との恋愛に熱中してるうちに報復したいという気持ちがだんだん薄れたのかもしれないぞ」

「さあ、それはどうでしょう？　健太は姿子の実子じゃないんですよ。結城が健太を殺害したとしても、さほど姿子は悲しまないでしょう？　それどころか、邪魔者が消えてくれたと内心喜ぶかもしれないな。旦那《だんな》と水入らずで暮らせるようになるわけですからね」

「だが、夫婦は睦《むつ》まじかったわけじゃなさそうだ。少なくとも、姿子のほうは夫に距離を感じはじめてたにちがいない。それだから、結城と不倫関係になったんだろう。そんな彼女にとって、健太がいなくなっても、それほどありがたいとは思わないだろうが？」

「言われてみれば、そうかもしれません」

「わたしも係長と同じ意見です」

端の席に坐った奈穂が遠慮がちながらも、はっきりと口にした。六人の部下たちが顔を見合わせ、苦々しく笑った。

「おい、研修生！」

草刈が奈穂を睨《にら》んだ。

「なんでしょう？」

「分《ぶん》を弁《わきま》えろよ。そっちは、強行犯係の正式なメンバーじゃないんだ。職場実習に来た半人前だろうが。親方に意見を求められるまで黙ってろ！」

「すみませんでした。わたし、出しゃばるつもりなんかなかったんです。みなさん、ごめんなさい」

奈穂が椅子《いす》から立ち上がって、頭を深々と下げた。

「親方、研修生を同席させなくてもよかったんじゃないですか？」

空豆《そらまめ》に似た顔立ちの今井が言った。すぐに堀切と森が相槌《あいづち》を打つ。

「おれの判断で、伊織を捜査情報交換の場に同席させたんだ。聞き込み、張り込み、尾行といった現場の勉強だけじゃ、一人前の刑事になれないからな」

「お言葉を返すようですが、たったの一カ月では何も習得できないでしょ？　伊織巡査には基本的なことを教えて、警察学校に帰せばいいと思うな」

今井が言った。

「確かに研修期間は短い。多くの指導係は今井のように考えてるだろう。だが、おれは後輩にできるだけ多くのことを学んでほしいと願ってるんだ。それが後進《こうしん》に対する誠意だと思ってるんでな」

「親方の気持ちはわかりますが……」

「伊織は研修生だが、いまは強行犯係の見習い刑事なんだ。仲間じゃないかっ」

思わず半沢は、語気を強めてしまった。部下たちが困惑顔になった。

「係長、部下の方たちを叱《しか》らないでください。つい生意気なことを言ってしまったわたしがいけないのですから」

　奈穂が言った。いまにも泣きだしそうな表情だった。

「さっき草刈が言ったように、おれが意見を求める前に発言したことはマナー違反だ。しかし、きみが無意識に自分の考えを口走ったことは仕事に対して意欲があるからにちがいない。そのことは評価できるよ。みんな、そうは思わないか？」

「親方のおっしゃる通りですね」

　村尾がそう言い、五人の先輩刑事たちを見回した。草刈以外の四人が相前後して、小さくうなずいた。

「おまえは、どうなんだ？」

　半沢は草刈に訊《き》いた。

「親方は研修生が女なんで、少し甘やかしてる気がします。実習に来たのが男だったら、もっと厳しく接してたんじゃないのかな」

「同じように扱ってただろう。後輩には、早くいろんなことを覚えてもらいたいからな。そもそも体育会系の指導の仕方が嫌いなんだよ、おれはな。高校と大学で柔道部に入ってたんだが、先輩に怒鳴《どな》られても、技《わざ》はちっとも上達しなかった。たいていの人間は他人に長所を認めてもらったとき、大きく向上するんだよ。おれは自分の体験でそのことを知ってるから、後進の個性を大事にしてるんだ」

「それは、よくわかりますよ」

「草刈、よく聞け！　どんな仕事だって、最初は素人《しろうと》なんだ。実務でさまざまなことを習得して、プロになっていく。研修に熱心な者の意欲を殺《そ》ぐような真似《まね》はするな。おまえ自身の人間としての格が落ちるぞ」

「手厳しいな、親方は」

「それから、妙な身内意識や縄張り主義は棄《す》てろ。強行犯係の結束が固いことは嬉《うれ》しいが、排他的になったら、そこで成長が止まってしまうんだ。とうの昔に亡《な》くなった国民的作家が『自分以外の人間は誰も人生の師だ』という名言を遺《のこ》してる」

「そうなんですか」

「人間のいい面も悪い面も、他人が教えてくれるから、先入観に囚《とら》われて相手を毛嫌いするなということさ」

「別に先輩風を吹かすつもりはなかったんですが、研修生は所詮《しょせん》、他所者《よそもの》だと思ってたから、つい伊織に辛《つら》く当たってしまったのかもしれません」

草刈が言い訳して、奈穂に謝罪した。

村尾が笑顔で拍手した。ほかの部下たちが釣られて手を叩《たた》いた。

「突っ立ってないで、早く坐れ」

半沢は奈穂に声をかけた。奈穂が明るい顔で椅子に腰を落とした。

「話のつづきですが、わたしは結城よりも白石のことがどうも気になるんですよ。会議前に親方に聞いた話だと、『白石サイクル』の店主には確かなアリバイがないんですよね？」

　今井が言った。

「その通りだ。白石護が根岸の木下宅にスクーターを配達に行く振りをして、金森の事件現場に直行してれば、赤木健太の殺害は時間的に可能だろうな」

「白石の靴のサイズは未確認なんですね？　わたし、明日、それを調べてみますよ」

「それはいいが、白石の実弟が死んだのは三年近くも前なんだぞ。どうしていまごろ、弟の仇討《あだう》ちをしなければならないんだ？」

「一、二年のうちに赤木健太に仕返ししたら、警察に怪しまれますよね？　それだから、白石は報復を三年近く待ったんじゃないですか」

「なるほど、そういうこともあるかもしれないな」

「結城は赤木夫人との色恋にうつつを抜かしてたようだから、死んだ兄貴の復讐のことは後回しにする気でいたんでしょう。わたしは、直感で白石のほうが臭《くさ》いと思いました」

「そうか」

　半沢は、ほかの部下たちにも推測させた。

白石を怪しんだ者が三人で、残りの三人は結城を疑っていた。双方とも根拠と呼べるものはなかった。

「案外、落着《らくちゃく》まで時間がかかるかもしれないな。そのうちゆっくりと飯を喰《く》う時間が取れなくなるかもしれないから、みんなで軽く一杯飲むか。いつもの『小糸《こいと》』の小上《こあ》がりを押さえといてくれ」

半沢は草刈に言った。

「わかりました。当然、親方の奢《おご》りでしょ？」

「割り勘にしてくれとは言えないだろ、おれよりも年上の人間はいないんだから」

「鳩山署長は親方よりも二つ年上でしたよね」

「署長にたかろうってわけか⁉」

「ええ、まあ」

「そんなみっともないことはできない。男は痩《や》せ我慢をしてでも、金にはきれいじゃなきゃな。たかり酒は見苦しいよ」

「なら、親方に河豚刺《ふぐさし》をご馳走《ちそう》になるか」

「鰯《いわし》の刺身にしといてくれ」

「そうしますよ」

草刈が透明な笑みを浮かべた。

そのとき、半沢の懐で刑事用携帯電話《ポリスモード》が着信音を奏《かな》ではじめた。五人との同時通話が可能だ。写真の送受信もできる。発信者は鳩山署長だった。

「一《いち》やん、悪いが、わたしの部屋に来てくれないか」

「すぐに参上します」

半沢は通話を打ち切り、部下たちに署の裏手にある行きつけの小料理屋で先に飲んでいろと指示をした。

慌《あわ》ただしく会議室を出ると、奈穂が追ってきた。

「係長、わたしは寮に帰らせていただきます」

「何を言ってるんだ。きみもみんなと先に飲《や》っててくれ。酒は嫌いじゃないんだろ？」

「おつき合い程度には飲めます。でも、酔った勢いで、また生意気なことを言うかもしれません。ですので、遠慮しておきます」

「いいさ、生意気なことを言っても。きみだって、もうチームの一員なんだから」

「半沢さん……」

「泣くなよ。おれは女に泣かれると、パニックに陥《おちい》っちゃうんだ。酒を酌《く》み交わせば、おれの部下たちとも打ち解《と》けるさ。後で、必ず店に顔を出すよ」

半沢は最上階の署長室に向かった。

鳩山署長は総革張《そうかわば》りの黒い応接ソファにゆったりと腰かけ、半沢を待っていた。知的な容貌《ようぼう》だが、冷たさは感じさせない。

「まさか人事異動の前振りじゃないでしょうね？」

半沢は署長と向かい合った。

「そうじゃないんだ。明日、署に捜査本部が設置されることになったんだ。本庁捜一《そういち》の刑事が十一人、こっちに出張《でば》ってくる」

「赤木健太殺しは、所轄で片をつけられますよ。捜査本部立《チョウバ》てるほどの凶悪事件じゃないでしょうが」

「わたしだって、本社の連中にうろちょろされたくないさ。しかし、本件は大がかりな犯罪とリンクしてるかもしれないんだ」

鳩山が、やや前屈《まえかが》みになった。

「どんな繫《つな》がりがあるというんです？」

「きょうの午後三時過ぎに渋谷のネットカフェから、本庁に殺人予告のメールが届いたというんだよ。差出人は『飲酒運転事故被害者の会有志』になってたらしい。そのフリーメールには、精神鑑定で刑事罰を免れた加害者を順番にひとりずつ処刑していくと明記されてたそうなんだ」

「赤木健太は、そのグループに始末されたかもしれないということですね？」

「その可能性は否定できないだろうな。およそ三年前に赤木健太は酔っ払い運転で、白石靖と結城克則の両名を轢き殺してるわけだから。そして、精神鑑定で心神喪失《しんしんそうしつ》とされ、法的な処罰は受けてない」

「ええ、そうですね」

「そんなことで、桜田門に要請して捜査本部を設置することになったんだよ」

「本庁の旦那方はいいとこ取りをするから、こっちはやりにくくなるな」

「そうだね。一《いち》やん、所轄署刑事の意地と根性を見せてやってくれ。事件捜査はゲームじゃないが、捜一の連中に手柄を取られたら、なんか癪《しゃく》じゃないか」

「ええ、それはね。勝ち負けに拘《こだわ》るのは刑事道に反することですが、やっぱり負けたくありません」

「大変だろうが、健闘を祈るよ」

「全力を尽くします」

「よろしく！　ところで、研修生の伊織奈穂巡査はどう？」

「なかなか頑張り屋ですね。将来は、いい女刑事になるでしょう」

「それは楽しみだ。彼女の母親の弟の緒方警視が警察庁の警備局にいるんだが、そのことは一言も口にしなかった。そういう点も好感持てるね」

「ええ。母方の叔父が警察官僚《キャリア》なら、自慢しそうですがね。あの娘《こ》、見所がありますよ」

「そうだね。警察学校を出て、どこか所轄署で二、三年鍛《きた》えられたら、一《いち》やんの下にでも配属されるといいんだが……」

「そうなってくれたら、また張りになるでしょうね。署長には話したことがあると思いますが、女房が流産した第一子は女だったんですよ」

「その話は聞いたことがあるな。一姫二太郎《いちひめにたろう》を望んでたのに、後は男の子が二人授《さず》かっただけだった」

「ええ、そうなんですよ。だから、女の子を育てるという夢は、ついに夢で終わってしまったわけです」

「伊織巡査を自分の娘だと思って、せいぜいかわいがってあげるんだね」

　鳩山署長が言った。

「そうします。今夜は『小糸』で部下たちと一杯飲《や》ることになってるんですが、よかったら、署長も一緒にどうです？」

「残念だな。きょうは、あいにく先約があるんだ」

「そういうことなら、別の機会に一献《いっこん》差し上げましょう」

　半沢は腰を上げ、署長室を出た。

　二階の刑事課に寄って、コートを羽織《はお》る。表玄関を出たとき、東都日報多摩支局の下条哲也次長と鉢合わせした。

「きのうはどうも！　例の事件の捜査は捗《はかど》ってます？」

「いや、まだ犯人の割り出しも……」

「そうですか。東京本社の社会部のデスクから町田署に明日、捜査本部が設置されるって話を聞いたもんだから、探《さぐ》りを入れに来たんですよ」

「その話、おれはまだ聞いてないな」

とっさに半沢は空とぼけた。

「そんなふうに予防線張ることはないでしょ、長いつき合いなんですから」

「別にポーカーフェイスを決め込んだわけじゃないんだ。ほんとに知らなかったんだよ。本庁の旦那方がお出ましってことは、所轄署刑事はぼんくら揃いと思われたんだろうな」

「そういうことじゃなく、桜田門の偉いさんはきのうの突き落とし事件は何か別の犯罪と関連があるかもしれないと踏んだんじゃないですか？」

「別の犯罪って、何なんだい？」

「わかりませんよ。それを知りたくって、こちらに取材に来たんですから。これから、聞き込みか何かですか？」

「いや、きょうの職務は終わりだよ。俸給分の労働はしたんでね。おれはスローな生き方をしてるんで、明日でもやれることは翌日に回す主義なんだ」

「とか言ってるけど、半沢さんはいったんエンジンがかかったら、猛然と突っ走って、いの一番に犯人を検挙《アゲ》てるからな」

「おれは、そんなに働き者じゃないよ。ただ少しばかり運がいいようで、いつも行く先々で加害者とバッティングしただけさ」

「ご謙遜《けんそん》を……」

「ほんとなんだ」

「能ある鷹《たか》は爪を隠す、か。新聞記者も同じで、スクープする奴は普段おっとりとしてるタイプが割に多いんですよ。ゆったりと構えてると、全体の動きや流れがよくわかるんでしょうね」

「さあ、どうなのかな。おれは駄洒落《だじゃれ》ばかり連発してる無駄飯喰《ぐ》いなんだが、他人《ひと》よりも運に恵まれてるんだろう。あるいは犯罪者たちが本能的におれが取調室で決して大声を出さないってことを嗅《か》ぎ取り、こっちの行く所に先回りしてくれてるのかもしれないな」

「半沢さんらしい言い方ですね。小杉課長は、まだ署内にいらっしゃるのかな」

「いると思うよ」

「それじゃ、課長に探りを入れてみます」

下条が片手を軽く上げ、署のエントランスロビーに入った。

半沢は署の横の脇道を百数十メートル進み、馴染《なじ》みの小料理屋に入った。部下たちは小上がりで飲んでいた。

奈穂と草刈は並んで坐り、何やら愉《たの》しげに語らっている。酒が二人の間の垣根を取っ払ってくれたのだろう。

半沢は同年配の女将《おかみ》に目で挨拶《あいさつ》し、コートを脱いだ。

2

ウェイトレスが下がった。

注文したのは海老《えび》ドリアだった。研修先の近くにあるシーフード・レストランだ。看板メニューはレッドロブスター料理だったが、昼食には贅沢《ぜいたく》すぎる。

奈穂は先に運ばれてきたオレンジの生ジュースをストローで吸い上げ、時間潰《つぶ》しに大きなメニューを眺めはじめた。

前夜のアルコールがまだ残っている感じだった。それで午後一時半を回ってから、昼食を摂《と》りに外に出たのである。

強行犯係の面々とは『小糸』で酒を酌み交わしたことで、互いに気心を知り合えた。打《と》ち解けてみると、草刈は気さくな人物だった。

村尾は最年少とあって、まめに同僚たちに酌《しゃく》をしていた。しかし、少しも厭味《いやみ》には映らなかった。宇野巡査部長は、元学習塾の先生だった。空豆のような顔をした今井は語学に長《た》け、英語のほかにスペイン語とイタリア語の日常会話には不自由しないらしい。

宇野は白バイに乗りたくて警察官になったという。森は古典落語に精《くわ》しかった。堀切は五十代になったら、駐在所勤務を願い出るつもりだと真顔《まがお》で言っていた。

六人は親分肌の半沢係長を慕《した》っていた。半沢は、それだけ魅力のある人物だった。ぼんやりしているように見えて、ちゃんと部下たちに気を配っていた。それでいて、それを他人には覚《さと》られないようにしている気配がうかがえた。含羞《がんしゅう》の人なのだろう。

それにしても、昨夜《ゆうべ》ははしゃぎ過ぎたかもしれない。二次会のスナックでは草刈に乗せられ、カラオケで五曲も歌ってしまった。ＪＵＪＵとミーシャのナンバーでは音を少し外してしまったのだが、村尾は天才的な歌姫だとおだててくれた。

半沢も終始、上機嫌だった。例によって、親父《おやじ》ギャグを連発していた。だが、部下たちは誰も聞いていなかった。

寮に戻ったのは門限数分前だった。同室者の由起は呆《あき》れ顔だったが、羨《うらや》ましげでもあった。彼女は研修先で、あまり愉しい思いをしていないのだろう。

海老ドリアが運ばれてきた。

奈穂はドリアを食べながら、赤木健太の事件のことを考えはじめた。午前中に今井刑事が白石護の靴のサイズが二十六センチであることを確認した。アリバイも立証されていない。

これで、白石護も結城智史も赤木健太を歩道橋の階段から突き落とした可能性はあるわけだ。どっちかが犯人なのだろうか。それとも、別の第三者が赤木を殺したと筋を読むべきか。

奈穂はスプーンを宙《ちゅう》に止め、しばし思考を巡《めぐ》らせてみた。しかし、結論は出せなかった。ふたたび海老ドリアを口に運びはじめたとき、誰かが勝手に正面に坐った。神林真吾だった。

「何よ、断りもなく」

奈穂は頬を膨《ふく》らませた。

「他人行儀なことを言うなって。おれたちは警察学校で同じ釜の飯を喰ってる仲なんだ」

「それだけのことでしょ？　ちゃんとマナーは守ってほしいわね」

「なんかつんけんしてるな。そうか、わかったぞ。府中の寮生に何かおれに関する悪い噂《うわさ》を聞かされたんだろ？」

「女たらしなんだってね、神林君は」

「やっぱり、そうだったか。おれが以前、寮の女の子を孕《はら》ませたってデマを聞いたんだろうが、その話は事実無根なんだ。その娘《こ》と短い間、つき合ってたことは認めるよ。だけど、三度目のデートのときにホテルに連れ込もうとして、拒《こば》まれちゃったんだ。そんなことで気まずくなったんで、その彼女は警察学校を辞めたんだよ。それだけなんだ」

「それだけ？　そういう言い方はないんじゃないのっ。神林君は、警察官をめざしてた女の子の人生を狂わせたのよ」

「人生を狂わせたなんて、オーバーだな」

「ううん、オーバーじゃないわ。その彼女は神林君に好意を持ってたはずよ。だから、デートに応じたんでしょう。でも、三度目のデートでホテルに連れ込まれそうになって、相手の狙《ねら》いはセックスだけだと感じたのよ。それで彼女は神林君に失望して、警察学校を去ったんだわ。罪深いことをしたとは思わない？」

「別に」

　神林は言って、大声でウェイトレスを呼んだ。海老ピラフを注文し、セブンスターに火を点けた。

「また、マナー違反よ。わたし、まだ食事中なの。なのに、なんの断りもなく煙草《たばこ》に火を点けちゃって」

「確かにマナー違反だったな。煙がおまえのほうに流れないようにするよ」

「また、おまえって言った！　馴《な》れ馴れしくしないで」

「おれは本気で、そっちとつき合いたいと思ってるんだ。きょうの帰り、ジャズバーに行こうぜ」

「そんな気分になれないわ。わたしは神林君を異性と意識したこともないし、強行犯係は捜査で大変なの！」

「そういえば、町田署に捜査本部が設置されたんだってな？」

「ええ、午前中にね」

「本庁捜一の刑事たちが十一人ほど投入されたらしいけど、署の玄関ロビーで何人か見かけたよ。桜田門の捜査員たちはいかにも切れ者って感じで、カッコよかったな。所轄の刑事はなんとなく愚鈍《ぐどん》な印象を与えるし、事実、とろいんだろう。おれが実習を受けてる生安課の刑事たちも、頭の回転が遅いんだ。苛々《いらいら》させられるよ」

「研修でお世話になってる人たちを悪く言うのはよくないわ」

「おれは事実を言っただけさ」

「神林君、何様のつもりなのっ。あなたは、ただの研修生なのよ」

「いまはね。けど、必ずのし上がるよ。大学中退ってハンディはあるが、Ⅱ種採用組では出世頭になってみせる。警察社会は階級が物を言うからな」

「権力や権威を手に入れたくて、警察学校に入ったわけ？」

　奈穂は問いかけた。

「本音を言っちゃうと、そうだな。警察手帳の威力はでかいからな。社会的に成功した連中も暴力団の組長だって、一目置《いちもく》くだろう。チンピラどもはへいこらするだろうよ。想像しただけで、ぞくぞくするね」

「志《こころざし》が低すぎるわ」

「正義感が欠如《けつじょ》してると言いたいんだな」

　神林がせせら笑いながら、煙草の火を揉《も》み消した。

「ええ、そうね」

「あんまり子供っぽいことを言うなよ。警察官がどう頑張ったって、この社会から犯罪がなくなるわけないいんだ」

「ええ、そうでしょうね。でも、警察官が本気で市民の治安を守ろうとすれば、犯罪件数は減らせるだろうし、事件を未然に防ぐこともできるはずよ」

「楽観的だな、おまえは」

「おまえって言わないでって、頼んででしょ！」

「ごめん、悪かったよ。自然に口から出ちゃったんだ」

「威張《いば》りたいから警官になるなんて、動機が不純すぎるわ。公務員は、国民の税金で食べさせてもらってるのよ。そのことは常に忘れちゃいけないんじゃない？」

「その通りなんだが、警察だけで社会の秩序を守れるわけない。社会の仕組みそのものが歪《ひず》みだらけだし、多くの社会人が本音と建前を使い分けて、うまく世を渡ってる。狡《ずる》いことをしてるのは政治家や官僚だけじゃない。民間人だって、手っ取り早く儲《もう》けたくて、平気で法律を無視してる。ひところ騒がれた偽装設計マンションやアパートがいい例じゃないか。そんなあくどい民間人のために体を張るなんて、ばかばかしいだろうが。適当に職務をこなして、俸給を貰《もら》えばいいんだよ」

「話にならないわ」

「おれを軽蔑《けいべつ》してもいいからさ、一度飲みに行こうぜ。おれ、そっちに本気で惚れてるんだ」

「わたしは迷惑だわ」

奈穂は素っ気なく言って、ペーパーナプキンで口許《くちもと》を拭《ぬぐ》った。そのとき、神林の海老ピラフが届けられた。

「コーヒーでもどう？　奢るよ」

「ノーサンキューよ。これ以上、神林君と喋《しゃべ》ってたら……」

「何だよ？」

「あなたの顔にコップの水をぶっかけちゃうかもしれないんで、先に研修先に戻るわ」

奈穂は自分の伝票を抓《つま》み上げると、すっくと立ち上がった。

神林が猫撫《な》で声で引き留《と》めた。それを無視して、奈穂はレジに急いだ。勘定を払って、店を出る。

奈穂は町田街道に沿って歩き、旭町交差点を右に曲がった。鎌倉街道を少し進めば、左側に町田署がある。署の手前の横断歩道を渡ったとき、路地から不意に東都日報多摩支局の下条記者が姿を見せた。奈穂は会釈《えしゃく》した。

「わたしのこと、憶《おぼ》えててくれたか」

「一昨日《おととい》、金森の事件現場近くでお目にかかったばかりですので」

「そうだったね」

下条がにこやかに言った。茶系のスーツの上に、同色のハーフコートを重ねている。裏地《うらじ》は黒だった。先日のコートと同じデザインだったが、色が異《こと》なっていた。

「赤木健太の事件のことで、きのうの夕方、小杉課長に探りを入れてみたんだ。課長の話によると、白石護と結城智史の二人が捜査線上に上がってるそうだが、どちらも決定的な証拠はないということだったな」

「そうなんですか。わたしは研修生ですから、事件捜査の内容は詳《くわ》しく教えてもらってないんですよ」

「賢《かしこ》い答え方だね。報道関係者に不用意なことは言えないからな」

「いいえ、そうじゃないんです。本当に知らないんですよ」

　奈穂は言った。

「そんなに警戒しないでほしいな。実は逆なんだ」

「え？　おっしゃってる意味がよくわかりませんけど……」

「別に捜査情報を摑《つか》みたくて、きみに接近したわけじゃないんだよ。日頃、半沢さんに世話になってるんで、うちの社の本社社会部デスクがキャッチした有力な手がかりをこっそり強行犯係にリークしたくてね」

「なぜ、半沢係長に直《じか》に情報を流そうとしないんですか？」

「きみも感じてるだろうが、半沢さんは他者の面倒は見ても、自分が誰かの世話になることは好きじゃないんだ」

「確かに、そういうタイプですね」

「だから、半沢さんに恩を売る形は取りたくないんだよ」

「それはわかります。それで、有力な手がかりと言うのは？」

「きょうの午前中に本庁は町田署に捜査本部を設けて、十一人の捜一の刑事を送り込んできたよね？」

「はい」

「赤木の事件は大きいとは言えない。単独の事件なら、おそらく捜査本部は設置されなかっただろう。しかし、別の犯罪と赤木の死は関連がありそうなんだ」

　下条がそう前置きして、きのう、本庁に殺人予告のメールが送りつけられたことを語った。差出人の『飲酒運転事故被害者の会有志』には、結城智史が入っているかもしれないという。

「白石護も、その会のメンバーなんですか？」

「本社のデスクの話だと、白石はもう『飲酒運転事故被害者の会』の会員じゃないそうだ。どうも会全体が飲酒運転で人身事故を起こした加害者を私的に裁《さば》くと誓い合ったわけじゃなく、メンバーの有志が過激な報復に出る気になったようだね」

「その不穏《ふおん》なグループのアジトは、どこにあるんですか？」

　奈穂は早口で訊いた。

「アジトの類《たぐい》はないらしいんだ。それから、過激なメンバーの正確な数はわからないというんだよ。おそらく彼らは何か特殊な方法で連絡を取り合って、処刑する標的に関する情報を教え合ってるんだろう。そして、同じやり方で実行犯を決めてるにちがいない」

「結城が、そのグループに加わってるようだとわかったのは？」

「デスクの話によると、あるネットカフェに結城が頻繁《ひんぱん》に出入りして、一度だけ仲間と交わしたメール内容を削除し忘れたらしいんだよ」

「そのネットカフェの所在地を教えてください」

「それは勘弁してほしいな。個人的には店名と所在地を教えてやりたいけど、スクープ種《だね》を漏《も》らしたら、本社のデスクを裏切ることになるし、場合によってはこっちが解雇されることになるだろう」

「そんなことになったら、下条さんに申し訳ないわ」

「こちらも三十代の後半だから、新聞社をクビになったら、そう簡単には働き口が見つからないと思うんだ」

「そうかもしれませんね」

「そんなわけだから、ネットカフェの店名や所在地は教えられないんだよ」

「わかりました」

「それから、情報を漏らしたことは半沢さん以外の人には絶対に言わないでほしいんだ。小杉課長あたりの耳に入ったら、本社社会部のデスクもわたしがリークしたことを嗅ぎ当てるかもしれないんでね」

「半沢係長だけに、いま聞いた話をします」

「そうしてもらいたいんだ。それじゃ、これで!」

下条が言って、急ぎ足で遠ざかっていった。

奈穂は研修先に入り、二階の刑事部屋に上がった。

無人だった。三階の捜査本部で合同捜査会議が行われているようだ。警察学校では、本庁の刑事部長が捜査本部長の任に就き、所轄署の署長が副本部長を務《つと》めると教わった。

しかし、捜査の指揮は本庁捜査一課の管理官が執《と》るという。所轄署の捜査員たちは本庁の人間をサポートする形になることが多いそうだ。

半沢係長たちは合同捜査で屈辱的な思いをさせられるのかもしれない。一刻も早く下条記者から聞いた有力情報を半沢さんに教えてやらなければ……。

奈穂はそう思いながら、自分の席についた。

待つ時間は妙に長く感じられた。まるで時間が凍《こお》りついてしまったようだ。

半沢たち強行犯係の刑事がひと塊《かたまり》になって刑事課に戻ってきたのは、午後四時過ぎだった。

どの顔にも、焦《あせ》りの色が濃く貼《は》りついていた。

奈穂は半沢に駆け寄り、廊下に誘い出した。向かい合うと、半沢が先に話しかけてきた。

「何か深刻な相談なのかな？」

「いいえ、個人的なことではありません」

奈穂はそう前置きして、下条がもたらしてくれた手がかりを伝えた。

「下条君は律義な男だな。確かに彼に何度か特種《とくだね》になるような情報を流したことがあるが、そんな大きな手がかりを惜《お》しみなく漏らしてくれるとはな」

「それだけ指導係に恩義を感じてるんだと思います」

「そうなんだろうか。それにしても、彼はお人好しだな。下条君が自分でスクープ記事を書けば、本社に戻れたかもしれないのに。彼は、ずっと支局でくすぶってるような記者じゃないんだ。だが、上司に逆《さか》らってばかりいたんで、本社社会部から多摩支局に飛ばされてしまったんだよ。無器用な男だ」

「半沢係長だって、決して世渡りが上手だとは言えないんじゃないですか。だから、下条さんとは波長が合うんじゃないかしら？」

「そうなのかもしれないな。せっかく下条君が有力な情報を提供してくれたんだ。結城智史の動きを少し探ってみよう」

「足手まといにならなかったら、わたしも同行させてください」

奈穂は頼み込んだ。すぐに半沢が快諾《かいだく》した。

3

スカイラインが西新宿に入った。

半沢は、ややスピードを落とした。結城智史が勤務している共和警備保障会社は、新宿署の裏手にあるはずだ。

「目的の会社が見つかったら、すぐに教えてくれ」

半沢は助手席の奈穂に言った。

署内で奈穂から話を聞いた直後、彼は草刈に『飲酒運転事故被害者の会』のホームページにアクセスさせた。半沢は典型的なアナログ人間で、パソコンの操作ができない。メールも満足には打てなかった。

東都日報の下条記者の情報通り、『飲酒運転事故被害者の会』の会員の中には結城の名があった。だが、白石護の名前は載《の》っていなかった。

会員は事故被害者と遺族で構成され、二百数十人が所属していた。事務局は千駄ヶ谷にあった。

半沢は事務局に電話して、元会員の中に過激な考えの持ち主がいたかどうか訊いてみた。事務局長の話によると、十数人いるらしい。そうした元会員が結束して、飲酒運転事故の加害者をひとりずつ順番に私的に裁く気になったのか。そして、赤木健太は第一の標的だったのだろうか。

それはそれとして、下条の行動がどうも不可解だ。彼にそっと警察情報を流したことは何度かある。しかし、その返礼として新聞記者が刑事にスクープ種《だね》を教えるものだろうか。

それも下条自身が取材で知り得た情報ではない。東京本社社会部のデスクから教えられた話だという。

リークしたことが表沙汰《おもてざた》になったら、下条は何らかの処分を受けることになる。場合によっては、半沢もとばっちりを受けることになるだろう。

そんなリスクがあるのに、下条は愛社精神を棄てたのか。多摩支局に異動になったときから、彼は会社に対する不満や憤《いきどお》りを心の中で募《つの》らせていたのだろうか。それがリークという形になったのか。

そうではなく、下条個人に何か事情があって、大事な情報を半沢に流してくれたのだろうか。たとえば、本社勤務時代のライバル記者にスクープさせたくないと考えているのか。それとも、半沢に恩を売っておいて後で警察の捜査情報を入手し、本社に返り咲くきっかけにしたいと思っているのだろうか。

「前方左手四軒目の茶色いビルが目的の会社ですね」

奈穂が言った。半沢はうなずき、覆面パトカーを路肩《ろかた》に寄せた。

二人は車を降り、共和警備保障東京本社のエントランスロビーに入った。十一階建てのビルだった。間口《まぐち》はそれほど広くなかったが、奥行きがある。

半沢は受付嬢《じょう》に身分を明かし、結城との面会を求めた。

「タイミングがよかったですね。結城は十分ほど前に出先から戻ってきたんです」

「それはツイてるな」

「ええ、そうですね。あのう、小社の結城が何か法律に触《ふ》れるようなことをしたのでしょうか？」

「いや、そういうことじゃないんだ。ある事件のことで、ちょっとうかがいたいことがあるだけなんですよ」

「それを聞いて、安心しました。いま、内線電話で結城をお呼びしますね。あちらで、お待ちください」

受付嬢がロビーの奥のソファセットを手で示した。

半沢たちは受付カウンターから離れ、ソファに並んで腰かけた。

「こんなふうに伊織と並んで坐ってると、これからヴァージンロードを歩く練習をやらされるような気がしてくるよ」

「父と娘みたいだってことですね？」

「そう。いろいろ不満はあるだろうけどさ、そう思わせてくれよ。おれ、女の子を育ててみたかったんだ。だけど、恵まれたのは息子が二人だった。もちろん、わが子に愛情は感じてるんだが、男同士だと、うまくコミュニケーションが取れないんだよ」

「そうなんですか」

「息子とたまたま二人だけで夕飯を喰うときなんか、まるで通夜《つや》だね。ほとんどどちらも口を利かないんだ。喋っても、『毎日、寒いな』『そうだね』で終わっちゃうんだよ。息子しかいない家庭の父親は、たいがいそんなものらしいが、ちょっと寂しい話だよな」

「ええ、そうでしょうね。わたしは反抗期のときに父親との会話が少なくなったことがありましたけど、その前後はよく喋ってましたよ」

「だから、女の子が欲しかったんだ。二つかそこらの娘を肩車して、あちこち歩いてみたかったよ」

「二人の息子さんは肩車してやらなかったんですか？」

「やったさ、人並にね。しかし、男の子はかわいげがない。こっちの髪の毛を強く引っ張って、いろいろ言う。もっと早く走れだの、左右に揺さぶってくれだのと注文が多いんだよ」

「うふふ」

「おれには素っ気ない息子たちも母親にはよく話しかけてるし、冗談なんかも言ってる。父親は家庭の中では孤独なもんさ」

「得意のギャグをコミュニケーションの手段に使ったら、いかがでしょう？」

　奈穂が提案した。

「使ってみたよ。しかし……」

「結果はよくなかったんですね？」

「そう。長男も次男も駄洒落を飛ばすと、まるで申し合わせたように『寒～い』と『どん引《び》き！』しか言わないんだ。いくら親子でも遠慮がなさすぎるだろ？」

「ええ、少しね。女の子なら、そこまでストレートには言わないと思います」

「そうだろうな。だから、おれは娘が欲しかったんだよ」

半沢はしみじみと言った。

そのとき、エレベーターホールの方から灰色の制服姿の結城がやってきた。半沢は奈穂を目で促《うなが》し、椅子から立ち上がった。

「お仕事中に申し訳ありません」

「あれから『町田セレモニーホール』には一度も近づいてませんよ」

「きょうは、その件でお邪魔したんじゃないんです」

「そうなんですか。とにかく、坐りましょう」

結城が言って、半沢の前に腰かけた。半沢と奈穂も椅子に坐った。

「で、用件は？」

「あなた、『飲酒運転事故被害者の会』に入会されてたんですね」

「ええ、白石護さんに強く誘われて二年ほど前に。彼の弟の靖さんが三年近く前に、わたしの兄貴と同じ横断歩道で赤木健太の車に轢き殺されたことはご存じでしょ？」

「ええ」

「被害者の遺族同士ってことで事件後、多少のつき合いがあったんですよ。それで白石さんに入会を勧められて、会員になったんです」

「あなたに入会を勧めた白石護さんの名が会員名簿に載ってませんよね、現在は」

「白石さんは半年ぐらい前に脱会しました」

「なぜなんです？」

「白石さんは会の集会で、いつも物騒《ぶっそう》な意見を口にして、なんとなく浮いた存在だったんですよ。それで、なんだか居心地が悪くなったんでしょうね」

「どの程度、物騒なことを言ってたんです？」

「言っちゃってもいいのかな」

結城は当惑している様子だ。

「差し障《さわ》りのない範囲でお話ししていただければ……」

「全部、話しちゃいましょう。白石さんは、飲酒運転で人を撥《は》ねて死なせた奴らは極刑《きょっけい》にすべきだといつも言ってました。それからアルコール依存症の加害運転者の精神鑑定も、最低十人の精神科医に依頼すべきだと主張してましたね」

「いま現在は一、二名のドクターが精神鑑定に当たってる」

「そうみたいですね。その程度の人数だと、鑑定を過《あやま》ることもあるだろうし、場合によっては加害者側に金品で抱き込まれる可能性もあるんじゃないか。それが白石さんの言い分でした」

「なるほどね。しかし、その程度のことは別に物騒な意見でもないでしょ？」

「ええ、そうですね。白石さんは精神科医十人による鑑定が法文化されなかったら、会員が力を合わせて刑罰を免れた飲酒運転者をひとりひとり私的に裁いていこうと提案したんですよ」

「それは、確かに過激でアナーキーな考えだな。で、会員たちの反応は？」

半沢は訊いた。

「さすがに、そういう過激な意見に賛同する者はいませんでした」

「ひとりも？」

「ええ。ただ、十人のドクターによる加害者の精神鑑定を望む声は高かったですね。それで、国会議員に陳情しようという話まで進んだんです。ですが、白石さんはもどかしがって、会を脱《ぬ》けてしまいました」

「そのとき、白石さんと行動を共にした会員の方は？」

「誰もいませんでした。ただ、白石さんは後日、会員たちに電話やファクスで自分の考えを熱っぽく説《と》き、協力を要請してたんです。わたしの自宅マンションにも、ファクスが送信されてきました」

「そうですか。そのファクスペーパーは保存してあります？」

「いいえ、処分してしまいました。内容があまりにも過激だったので、誰かに読まれて誤解されたくないという気持ちが働いたんですよ」

「なるほど」

「白石さんの呼びかけに応じた会員もいたかもしれないな。むろん、数は多くないでしょうけどね。会員の被害者はもちろん、その遺族たちも飲酒運転で人身事故を起こした加害者を恨《うら》んでましたから」

「法の改正には時間がかかります。重い病気を抱えてる者や高齢の遺族は人生の持ち時間が少ないからと過激な意見に傾くかもしれないとおっしゃるんですね？」

「ええ、そうです」

「事務局に問い合わせれば、白石さんが脱けた後、会を辞めた人たちの氏名や連絡先はわかりそうだな」

「ええ、それはわかるでしょうね。しかし、白石さんが同調者を募《つの》って、何か過激なことを実行するとは思えません。会の集会で物騒なことを言ってしまったんで、なんとなく引っ込みがつかなくなったんでしょうけど、彼、根は温厚な人間ですからね」

「大それたことをやるなど考えられない？」

「ええ、そうですね。そもそも白石さんは、どんなことで疑われてるんです？」

　結城が問いかけてきた。

　半沢は少し迷ってから、本庁に送りつけられた殺人予告メールのことをかいつまんで話した。

「刑事さんは、白石さんが同調者たちと結託して、赤木健太を処刑したと思ってるんですね？　要するに、白石さんを疑ってるわけか」

「そこまでは言ってませんよ」

「言外に匂《にお》わせてるでしょうが！　白石さんはね、そんなことをやる人物じゃありませんよ」

「仏様のような顔をした冷血な殺人鬼もいます。外見や浅いつき合いだけでは、とても人間の〝素顔〟はわかりません。悪人顔の奴が凶悪犯と相場が決まってれば、われわれも苦労はしない」

「白石さんに限って……」

「白石さんが荒っぽい犯罪に関与してないことを祈りましょう。ところで、赤木夫人とその後、連絡は？」

「もう電話はしないことにしました。彼女が思い悩んだ末に別離という途《みち》を選んだんでしょうから、これ以上、苦しめるのはよくないと考えたんですよ」

「個人的な見解ですが、結ばれない恋こそ深みがあるんではないですか。あなたは大事なものを失ったが、同時に大きなものを得たんじゃないかな」

「そう思うことにします」

「話を戻しますが、あなた、ネットカフェにはよく行ってるんですか？」

「いいえ、一度も行ったことありません。なぜ、そんな質問をされるんです？」

「参考までにうかがっただけなんですよ」

「そうですか」

結城は訝《いぶか》しげだった。下条記者の情報は間違っていたのか。

半沢は奈穂の肩を軽く叩き、先に立ち上がった。

4

電灯が煌々《こうこう》と灯《とも》っている。

千駄ヶ谷にある『飲酒運転事故被害者の会』の事務局だ。会長宅の庭に建てられたプレハブ造りの事務所だった。

「事務局長に会って、白石をはじめ脱会メンバーのことを訊いてみよう」

半沢が言って、先に覆面パトカーから出た。

奈穂は急いで指導係を追った。西新宿の結城の勤務先を出ると、まっすぐ千駄ヶ谷にやってきたのだ。

半沢が事務局のドアを開けた。

奈穂は事務所の奥に目をやった。七十歳前後の口髭《くちひげ》をたくわえた男がスチールデスクに向かって、何か書類に目を通していた。ほかには誰もいない。

「二時間ほど前に電話でご協力いただいた町田署の半沢です。事務局長さんですね？」

「ええ、そうです。里吉清春《さとよしきよはる》です」

「半年ほど前に脱会した白石護さんに影響されて、その後、こちらの会を辞められた方もいるのではないかと思いましてね」

「十一人、いや、白石さんのほかに十二人の会員が脱けました」

「その方たちについて、情報をいただきたいんですよ」

半沢は相手が返事をする前に、素早く事務所内に入った。

聞き込みの際《さい》は、相手を迷わせてはいけないようだ。いい勉強になった。

奈穂は半沢につづいた。

事務局長の里吉が机から離れ、奈穂たち二人を古びた応接ソファに坐らせた。それから彼は、三人分の茶を淹《い》れた。

「どうかお構いなく」

「空茶《からちゃ》を一杯差し上げるだけです」

「申し訳ありません。恐縮です」

半沢が頭を下げた。里吉事務局長が三人分の緑茶をコーヒーテーブルに置き、半沢と向かい合う位置に坐った。

「わたしが家内、ひとり娘、孫の男の子をいっぺんに亡くしたのは、もう八年も前のことです。泥酔した大工の車に近くの表通りで次々に轢かれてしまったんですよ。家内と孫は即死でしたが、娘は病院に運ばれてから息を引き取りました」

「残念でしたね」

半沢の声には、同情と労《いたわ》りが込められていた。他人を思い遣《や》る気持ちが強いのだろう。

「加害者の大工は独立して、初めての新築の仕事だったらしいんです。上棟式《じょうとうしき》のときに施主にお祝いだからと酒を注がれ、ついつい杯を重ねてしまったようです。電車かバスで帰宅すればよかったのに、翌日のことを考え、安易な気持ちで自分の車に乗ったんでしょう」

「そうだったんでしょうね」

奈穂は控え目に応じた。

「むろん、加害者は交通刑務所行きになりました。しかし、三人の人間を死なせたというのに、刑期はたったの四年足らずでした」

「軽いですよね」

「ええ、軽すぎますよ。加害者は服役後に一度だけ故人に線香を手向《たむ》けてくれましたが、その後は消息不明です」

「補償は？」

「損保会社から併《あわ》せて数千万円のお金を貰いましたが、三人の身内の命のほうがずっと大事ですよ」

「ええ、そうでしょう」

「わたしのケースは加害者が服役したから、まだ救いがあります。しかし、半年ぐらい前に脱会された白石護さんの実弟を轢き殺した奴は精神鑑定で心神喪失とされ、結局、刑事罰は受けませんでした。遺族にとっては、理不尽な話だと思いますよ。それで、白石さんは過激なことを提案するようになったんでしょうね」

　里吉が言って、茶を啜《すす》った。

「白石さんに煽《あお》られて会を脱けた方たちの多くが似たような思いをしてたんでしょう？」

　半沢が口を挟《はさ》んだ。

「十二人が似たようなケースで親兄弟を飲酒運転で殺されても、加害者を刑務所に送ることはできなかったんですよ。それぞれ加害者が心身症、アルコール依存症、薬物中毒などにかかってたんで、刑事罰は受けずに済んだわけです」

「白石靖さんを三年近く前に轢き殺した赤木健太が先日、町田の金森の歩道橋の階段の上から何者かに突き落とされて死んだことはご存じですね？」

「もちろん、知ってます。その事件のことで、白石護さんが捜査線上に浮かんだわけですか。そういえば、きょうの正午過ぎに本庁捜査一課の刑事さんたちが見えて、白石さんを含めて十三人の脱会会員のことを詳しく教えてくれと……」

「その者たちの名は？」

「志賀《しが》太《ふとし》警部と月岡文博《つきおかふみひろ》警部補です。ご存じですか？」

「ええ、知ってますよ。二人とも、うちの署に設けられた捜査本部の要員ですから」

「いわば、お仲間でらっしゃるわけだ」

「そうなんですが、競争相手でもあります。本庁の捜査員はエリート意識が強い者が多く、所轄署の刑事には負けたくないと思ってるんですよ」

「そうでしょうね」

「所轄署の人間にライバル意識を燃やすことは、別に悪いことではありません。むしろ、こちらとしては対抗心が芽生《めば》えて捜査に熱が入りますからね。ただ、困ったこともあるんです」

「どんなことで困るんです？」

「本来、双方は力を合わせなければならないのですが、どちらも有力な捜査情報を隠すことがあるんです。今回の例で言えば、十三人の脱会会員のことは本庁の刑事からわたしの耳にとっくに入っててもよさそうなんですが、情報の提供はありませんでした」

「どちらも自分らが犯人を逮捕したいと思ってるわけでしょうから、その程度の駆け引きは仕方ないでしょ？」

「ええ、まあ。しかし、あなたに二度手間《でま》をかけさせてしまいました」

「どうってことありませんよ。いま、白石さんのほかの十二人の退会者の氏名と連絡先をリストアップしましょう」

　里吉がソファから立ち上がり、自分の机に向かった。

「本庁の方たちって、意地が悪いんですね？」

　奈穂は小声で半沢に言った。

「どっちもどっちさ。所轄署の刑事だって、聞き込み情報の半分程度しか合同捜査会議で報告しないこともあるんだ」

「どちらも手柄を立てたいから、そういうことをするんでしょうけど、双方とも自分らが公僕《こうぼく》であることを忘れてますね」

「その通りだな。妙なセクショナリズムに拘《こだわ》らずに、双方が一つになって一日も早く事件を解決すべきなんだ。しかし、人間は功名心を抑《おさ》え込むことができない」

「本社の人たちは、支社の者には理屈抜きで負けたくないと思ってるということなんですね？」

「うん、そう。もちろん、その逆もある。支社には支社の意地があるから、本社の連中の駒にされたくないと考えるわけさ。警察に限らず、組織のすべてに似たようなことがあるんだろう」

「なんだか情けない気がします」

「若いうちは、妙な意地の張り合いをくだらないと思うものさ。おれも刑事になりたてのころは、そういうみみっちいセクショナリズムに腹を立ててたよ。しかし、双方のライバル意識が事件のスピード解決を招くこともあるんだ」

「ええ、そういうことはあるかもしれませんね」

「よくも悪くも、組織を動かしてるのは人間なんだよ」

半沢が日本茶で喉《のど》を潤《うるお》した。奈穂も、それに倣《なら》った。

「どうもお待たせしました」

事務局長が言いながら、一枚の紙を半沢に手渡した。退会者のリストだった。

「約半数は首都圏に住んでいますが、残りは全国に散らばっています。この十二人がどんなことを白石さんから言われたのかは具体的にはわかりませんが、共通して会の姿勢は弱腰だと批判してたことは確かです」

「ご協力に感謝します」

半沢が礼を言って、立ち上がった。奈穂も腰を浮かせた。

二人はスカイラインに乗り込むと、今度は多摩市に向かった。

『白石リサイクル』に着いたのは、およそ一時間後である。店番をしていたのは白石の妻だった。白石の姿は見当たらない。

「そっちは十二人の脱会者に電話して、最近、白石と会った人物がいるかどうかチェックしてみてくれないか。そういう者がいたら、白石とどんな話をしたかも探り出してほしいんだ」

半沢が退会者のリストを差し出し、静かにスカイラインから降りた。車道を横切って、白石の店に向かった。

奈穂はリストを見ながら、順番に電話をかけはじめた。すでに本庁捜査一課の者が聞き込みをしていて、誰もがうっとうしげだった。

それでも奈穂は粘《ねば》った。白石と接触した者が三人いた。彼らの話によると、白石はそれぞれの事件加害者の精神鑑定をした精神科医のことを徹底的に調べ、外部の圧力や金品の誘惑に負けた疑いがあるかどうかまで探るべきだとアドバイスしたという。

また、白石自身も実弟を轢き殺した赤木健太の精神鑑定をした医師のことを調べるつもりだと洩《も》らしていたらしい。リストの中で、ただひとりだけ電話の繋がらない者がいた。

庄司敦夫《しょうじあつお》という名で、四十九歳だった。庄司の息子の順《じゅん》は二年半前に八王子市内の飲食店でアルコール依存症の男に難癖をつけられ、全治二カ月の怪我を負わされた。そのときの後遺症で、右の上瞼《うわまぶた》は半分しか下がらなくなってしまったと記《しる》してあった。

半沢が覆面パトカーに戻ってきた。

「白石護は外出中なんですか？」

奈穂は問いかけた。

「近くの『カトレア』って喫茶店で、庄司敦夫という元会員と会ってるそうだ」

「その庄司って方だけ連絡がつかなかったんですよ。最近、白石と会ってる退会者は三人いました」

「詳しい話を聞かせてくれ」

半沢が促した。奈穂は手短に伝え、退会者リストを返した。

「精神鑑定をした医者のことをとことん調べろと白石は三人にアドバイスしたんだな？」

「ええ、そういう話でした」

「白石の奥さんの話だと、庄司の倅《せがれ》の順は二年半前、アルコール依存症の衣笠大樹《きぬがさだいき》という奴に八王子の居酒屋でいちゃもんをつけられて、半殺しにされたらしいんだ」

「その後遺症で庄司順の右目の瞼がちゃんと閉じなくなったんでしょ？」

「よく知ってるな？」

「里吉事務局長がくれたリストに、そう書いてあったんです」

「そうだったのか。白石夫人から聞いたところによると、現在、二十八歳の庄司順は対人恐怖症で散歩に出ることもできない状態だそうだ」

「一日中、家の中に引き籠ってるんですね？」

「そうらしい。また誰かに難癖をつけられて暴力をふるわれるんじゃないかという強迫観念に取り憑《つ》かれてるんだろうな」

「上瞼がちゃんと下がらないことも、外出をためらわせる遠因にはなっていそうですね」

「女の子じゃないんだから、そういうことは気にしないと思うがな」

「半沢さん、いまの男の子はとっても外見を気にするんですよ。髪型が思い通りに決まらないだけで、学校や会社を休んだりする人だっているんです」

「いまどきの青年は、そういうこともすごく気にしちゃうんだ？」

「昔風の硬派なんか、いまやどこにもいないと思いますよ」

「言われてみれば、うちの息子どもも外見にそれなりに気を遣《つか》ってるな。効果は目に見えないがね。なんか話が脱線してしまったが、加害者の衣笠大樹って奴は精神鑑定の結果、刑事罰は免れたらしいんだ」

「心神耗弱《しんしんこうじゃく》と鑑定されたんですね？」

「いや、衣笠の場合は心神喪失とされたというんだ。ちょうど三十歳になったという加害者は中一のときからトルエンを吸ったり、ハルシオン遊びに耽《ふけ》って十五の秋には精神疾患《しっかん》があると大学病院で診断されたらしいんだよ。庄司にしてみれば、息子の前途をめちゃくちゃにした奴が大手を振って街を歩いてることが赦せない気持ちなんだろうな」

「で、白石護に相談する気になったんでしょうか？」

「多分、そうなんだろう。二人は、加害者の衣笠大樹に何か仕返しをする気でいるのかもしれないな」

半沢がそう言い、スカイラインを低速で進めた。そして、『カトレア』の出入口が見通せる場所に覆面パトカーを停止させた。

「ハンバーガーを喰ったら、胸灼《や》けしそうだな。これで、二人分の太巻きと稲荷寿司《いなりずし》、それからペットボトル入りのお茶を買ってきてくれないか」

「わたし、まだ食欲がありませんから、一人分にしましょう」

「駄目だ。ちゃんと何か喰わないと、張り込みや尾行の途中でへたばってしまうからな。きみの分も買ってこいよ」

「わかりました」

奈穂は一万円札を受け取り、助手席から出た。七、八十メートル先に、コンビニエンスストアがあった。

そこまで駆け、大急ぎで買物を済ませる。奈穂はビニール袋を受け取ると、また駆け足でスカイラインに戻った。

「後で、わたしの分は払います」

「堅いことを言うなって。お釣りだけくれればいい」

半沢がそう言い、ごっつい左手を出した。奈穂はレシートと釣り銭を一緒に渡した。

「さあ、喰おう」

半沢が自分の分をビニール袋の中から取り出し、残りを奈穂の膝の上に置いた。奈穂はペットボトルの茶だけを少しずつ飲んだ。

「喰え、喰え！　喰えるときに喰っておかないと、丸一日も飲まず喰わずなんてこともあるからな」

「はい、いただきます」

「喰えって」

半沢が急《せ》かす。

奈穂は太巻きと稲荷寿司を一つずつ食べた。茶を飲んでいると、半沢が声をかけてきた。

「食《しょく》が細いな」

「係長は、もう……」

「全部、平らげたよ」

「よかったら、わたしの残りも食べちゃってください」

奈穂はパックごと差し出した。半沢が子供のようにはにかみながらも、残りものを胃袋に収めた。豪快な食べっぷりだった。

「見ていて気持ちがいいぐらいの健啖家《けんたんか》ぶりですね」

「若い娘《こ》が健啖家なんて言葉を知ってるとは思わなかったな。読書家なんだろう？」

「本はあまり読みませんね。月に一、二冊、お気に入りの女性作家の小説を読む程度です」

「読むほうじゃないのかな。同居してる次男坊なんか映像作家志望のくせに、めったに本なんか買わないからね」

「昔と違って、デジタル時代に入って娯楽の種類がものすごく増えたから、本離れも仕方ないいんじゃないかしら？」

「映像だけじゃ、絶対に想像力は豊かにならないよ。言葉は、いろんなことを連想させてくれる。それがいいんだよ。いろいろ想像することによって、人間を見る目も養われるにちがいない」

「そうかもしれませんね」

「新しい老眼鏡を買って、また本を読むようにしよう」

会話が中断した。

ちょうどそのとき、『カトレア』から白石護が姿を見せた。連れの男は五十歳前後だった。庄司敦夫だろう。

白石たちは路上に駐《と》めてある薄茶のエルグランドに乗り込んだ。

運転席に坐ったのは、庄司と思われる男だった。白石は助手席に腰を沈めた。

「尾行開始だ」

半沢がスカイラインを発進させた。

エルグランドは多摩ニュータウン通りに出ると、町田街道方面に向かった。

「行き先の見当はつきます？」

奈穂は問いかけた。半沢がステアリングを捌《さば》きながら、黙って首を振った。

エルグランドは町田街道にぶつかると、右折した。しばらく道なりに進む。それから数キロ先を右に折れ、八王子市鑓水《やりみず》の住宅街に入った。まだ畑がところどころに残っている地域だ。

新興住宅は少ない。かつては農家だったと思われる敷地の広い家屋がつづいている。

やがて、エルグランドは一軒の家の石塀《いしべい》の前に停まった。半沢がスカイラインをエルグランドの三、四十メートル後ろに停止させた。

奈穂は、エルグランドから目を離さなかった。

白石と連れが車内から姿を見せた。二人とも、両手にカラースプレーを握っていた。

「半沢警部補、二人は石塀に落書きする気みたいですね。やめさせましょう」

「いや、ほっておこう。落書きの内容で、白石たちが何を企《たくら》んでるか透《す》けてくるかもしれないからな」

「あっ、そうですね」

奈穂は、男たちの動きを見守った。

二人は十メートルほど離れて石塀に向かい、カラースプレーから赤い噴霧《ふんむ》を迸《ほとばし》らせた。落書きされた文字までは読み取れない。

ほどなく白石たち二人は車の中に戻った。

エルグランドがフルスピードで走り去った。奈穂は半沢とともに、大きな家屋まで走った。

表札には、衣笠と出ている。約二年半前に庄司の息子に大怪我を負わせた衣笠大樹の自宅だろう。石塀の落書きを見る。

〈この家の跡取り息子は狂犬だ。見境もなく他人に危害を加えている〉

〈衣笠大樹よ、いまに天罰が下《くだ》るぞ〉

〈罪人のおまえが刑務所に行かずに済んだのは、精神鑑定医を買収したからにちがいない〉

〈おまえを近く処刑してやる。首を洗って待ってろ！〉

四つの字句は、どれも不揃いだった。ひどく読みにくかった。

「きみは車の中で待っててくれ」

半沢が衣笠邸の中に消えた。

自分は刑事実習をやらせてもらっているわけだから、一人前扱いされなくても仕方ないだろう。不機嫌になるのは思い上がりだ。

奈穂は自分に言い聞かせ、覆面パトカーにゆっくりと戻りはじめた。

第四章　不審な精神鑑定

1

門から玄関まで優《ゆう》に六十メートルはあった。

半沢は長い石畳を進んだ。

庭は驚くほど広い。衣笠邸の敷地は、五百坪を超えているのではないか。

庭木が多い。奥まった場所に大きな和風住宅が建っている。二階屋だった。

半沢はポーチに立ち、チャイムを鳴らした。

ややあってから、玄関のガラス戸が乱暴に開けられた。応対に現われたのは、三十歳前後の男だった。息が酒臭い。

「町田署刑事課の者です」

半沢はＦＢＩ型警察手帳を短く見せ、姓だけを名乗った。

「八王子署の間違いじゃねえの？」

「ここは八王子署管内ですが、町田署の者です。きみが衣笠大樹君かな？」

「そうだよ。おれ、何も危《ヤバ》いことなんかしてねえぜ。最近は、なるべく自宅で酒を飲むように心がけてるんだ」

「きみに見てもらいたい落書きがあるんだがな」

「落書き⁉」

　衣笠が素《す》っ頓狂《とんきょう》な声をあげた。

　半沢は衣笠宅の石塀《いしべい》が落書きで汚されている事実を話した。すると、衣笠は外まで一気に走った。半沢は大股《おおまた》で衣笠を追った。

　表に出ると、衣笠が落書きに目を当てていた。

「誰の仕業《しわざ》なのか、おおよその見当はつくんじゃないのか？」

　半沢は訊《き》いた。

「ああ。けど、言いたくねえな」

「それじゃ、言ってやろう。きみはおよそ二年半前、八王子の居酒屋で庄司順という青年に絡《から》んで全治二カ月の大怪我を負わせた。そのときの後遺症で庄司順の片方の上瞼《うわまぶた》はちゃんと下がらなくなってしまった。それだけじゃない。彼は対人恐怖症に陥《おちい》り、自分の部屋に引き籠《こも》るようになった」

「あの野郎が先に眼《ガン》飛ばしてきやがったんだ。だから、おれは機先を制したわけだよ。

ま、一種の正当防衛だね」

「きみはそう主張するが、被害者側は理不尽な目に遭《あ》ったと思ってる。特に順の父親の庄司敦夫は、息子の人生を台無しにしたきみの蛮行《ばんこう》を赦《ゆる》せないと思ってるようだ。親としては、当然だろうな」

「やっぱり、庄司順の親父《おやじ》が落書きしやがったんだな」

「その通りだ、知人の白石護と一緒にな」

「おたく、その二人が落書きしたとこを見てたのかよ。それなのに、なんでやめさせなかったんだっ。お巡りだろうが！」

「注意する前に、二人は逃げ去ったんだ」

「とろい刑事だな。それはそうと、白石護って誰なんだよ？」

衣笠が訊《き》いた。

「およそ三年前の深夜、実弟を車で轢《ひ》き殺された男だ。加害者は飲酒運転してたんだが、精神鑑定で心神喪失《しんしんそうしつ》とされて刑事罰は免れてる。白石と庄司は、以前『飲酒運転事故被害者の会』のメンバーだったんだ」

「ちょっと待てよ。おれは車で庄司順って野郎を撥《は》ねたわけじゃないぜ。それなのに、なんで父親がそんな会に入ってたんだよ？」

「会の名称は大雑把《おおざっぱ》な括《くく》り方をしてるが、酔っ払いにひどいことをされた被害者やその遺族で構成されてるんだ」

「ま、いいや。確かにおれは、庄司順をボコボコにしてやったよ。そうしなかったら、逆にこっちが半殺しにされてたかもしれないからな。それにあのとき、おれは精神状態が普通じゃなかったんだ。精神鑑定で心神喪失とされて無罪放免になったわけだから、いまさら文句を言われてもな」

「ついでだから、教えてやろう。庄司の連れの白石護の弟を轢き殺したのは先日、町田の歩道橋の階段から突き落とされて死んだ赤木健太という男だ」

「その事件は新聞か何かで読んだな、確か」

「赤木健太は飲酒運転で二人の通行人を死なせたのに、心神喪失ということで、そっちと同じように刑事罰は受けずに済んだんだ」

「それじゃ、もしかしたら、白石護って男が赤木健太を殺《や》ったのかもしれねえな。えっ、庄司順の父親は白石に唆《そそのか》されて、このおれを殺そうとしてやがるのかもしれねえんだ？　刑事さん、そうなんだろ？」

「最近、身に危険を覚えたことは？」

半沢は問いかけた。

「それはねえけどさ、家に厭《いや》がらせ電話がかかってきたな。受話器を取ると、録音したお経《きょう》が流れてくるんだ。それは、庄司敦夫の厭がらせだったんじゃねえのかな」

「親父さんは、家にいるのか？」

「いねえよ、いつも。親父はもう十年以上も前に愛人と他所《よそ》で暮らすようになって、ここには月に一回ぐらいしか戻ってこねえんだ。それも、ほんの数時間しかいない。おれも、そのほうがありがてえよ。親父は横浜線片倉《かたくら》駅のそばにある四階建ての賃貸マンションを二年前におれの名義に変えてくれたんだが、別に息子のおれに愛情を感じてるわけじゃねえんだ。罪滅《つみほろ》ぼしをしてるつもりなんだよ」

「罪滅ぼし？」

「そう。親父の父親は若いころは地道に百姓をやってたんだが、日本が高度成長時代に入ると、田畑《でんばた》を売っ払って、いろんな事業を興《おこ》した。どの商売もうまくいったんだ。祖父《じい》さんのビジネスを継いだ親父は、さらに多角経営で儲《もう》けた。おれの祖父さんが病死すると、親父は愛人を三人もこさえた」

「祖父が亡《な》くなったとき、きみはいくつだったんだ？」

「小二だったよ。おふくろは夫の裏切りを知りながらも、懸命に妻の座にしがみついてた。そしてさ、ストレスをひとり息子のおれにぶつけるようになったんだ。おれは学習塾に行かされ、ピアノも習わされた。服装や食事のマナーでも、しょっちゅう叱《しか》られてたよ。口答えなんかしたら、物を投げつけられた。おれは辛《つら》くなって、トルエンを吸ったり、睡眠薬遊びをするようになったんだ。それから、酒にも溺《おぼ》れたよ。おふくろは夫と子に絶望したんだろう、自分もアルコールに逃げた。それで、おれが中学生になって間もなく、肝硬変であっさり死んじまったんだ」

「その後、親父さんは愛人のひとりと生活を共にするようになったんだな？」

「そう。親父は、愛人と一緒に月に何度か戻ってくるだけだったよ。お手伝いさんを二人雇ってくれたんで、日常生活に不便は感じなかったね。けどさ、寂しかったよ。だから、薬物やアルコールと縁を切ることはできなかったんだ。すべて親の責任とは言わねえけど、もう少し家庭に温《ぬく》もりがあったら、おれだって、もっとまともな生き方をしてたと思うよ」

衣笠が長々と喋《しゃべ》り、溜息《ためいき》をついた。

「それは自己弁護だな。さっさと親許《おやもと》を出て、自分の力で生きることもできたはずだ。しかし、親が回してくれる金でのんびりと暮らしたほうが何かと楽だからな。要するに、きみは怠《なま》け者なんだよ」

「はっきり言いやがる。けど、そう思われても仕方ねえか。生まれてこの方、おれは自分で一度も稼いだことがないんだから」

「庄司順をぶっ飛ばして傷害罪で逮捕《パク》られたとき、親父さんは有能な弁護士を雇ってくれたんだろうな？」

「東京地検の検事だった横関隆臣《よこぜきたかおみ》弁護士を雇ってくれたんだ。その弁護士のこと、知ってる？」

「名前はな。横関弁護士は五十歳そこそこだが、全戦全勝の弁護歴を誇るスターだからね。それに、テレビにコメンテーターとしても出演してる」

「横関先生は、間違いなく有能な弁護士だよ。おれの言い分をちゃんと聞いてくれて、裁判官に精神鑑定を強く求めてくれたんだからさ。おかげで、こっちは刑務所に行かずに済んだ。ありがてえ話だよ」

「親父さんと横関弁護士は前々から親交があったのか？」

「いや、つき合いはなかったはずだよ。共通の知り合いの大物財界人の仲介で弁護を依頼したと言ってたからな、うちの親父は」

「そうか。弁護士に払った報酬は、五百万や一千万ってことはなさそうだな」

「いくら払ったのか、親父はついに教えてくれなかったよ。ただ、衣笠家の名誉のためだったら、全財産だって注ぎ込むなんて言ってた」

「親父さんは『衣笠商事グループ』の総帥《そうすい》として君臨してるらしいが、六本木の本社ビルに毎日、顔を出してるのかな」

「よく知らねえけど、会社には週に一度ぐらいしか顔を出してないみたいだぜ。高輪《たかなわ》の別宅から重役たちに電話やメールで指示を出して、普段は三十五歳の愛人といちゃついてんだと思うよ。今年六十になるのに、衣笠総司《そうじ》さんも元気だよな。親父の半分でもパワーがあれば、傘下企業の一つぐらいは守《も》り立ててやれるんだろうけどね」

「父親は、きみに経営に参画《さんかく》しろとは言わないのか？」

「一度も言ったことないね。親父は、おれには商才がまったくないと思ってるんだろう。あるいは、どこかに隠し子がいて、将来はそいつに全事業を引き継がせる気なのかもしれねえな」

「腹違いの弟がいるって噂《うわさ》は聞いたことがあるのか？」

「いや、そういう噂は耳に入ってねえよ。けど、きっと親父には隠し子がいるにちがいない。だから、本妻のひとり息子がぐうたらでも、あんまり焦《あせ》ってないのさ」

「それで、平気なのか？」

「おれ、金儲けには関心がねえんだ。マンションの家賃収入が毎月百三十万ぐらいあるから、それで大好きな酒が飲める。それで充分さ。リッチになっても、幸せになれるかどうかわからねえからな。むしろ、遣《つか》い切れないほど金を持ったら、退屈で死にたくなると思うよ」

「醒《さ》めてるんだな」

「そんなことより、塀に落書きした二人を逮捕してくれよ。目障《めざわ》りだからさ」

「落書き程度の軽い罪じゃ、庄司たち二人を地検送りにはできない」

「ははん、読めたぜ。刑事さんはさ、わざと二人を泳がせといて、おれに何か仕掛けてくるのを待つ気なんだな」

「それは誤解だ。犯罪を未然に防ぐことも、われわれ警察官の仕事なんだよ。それだから、この悪質な落書きのことをきみに教えて、注意を呼びかけたんだ」

「もっともらしいことを言いやがって。ま、いいや。庄司敦夫が息子のことで、おれに何か仕返しする気だったら、反対にぶっ殺してやる。おれの精神状態は不安定なんだから、仮に殺人で捕《つか》まっても、また無罪放免になるさ」

「そうはいかなくなるかもしれないぞ」

半沢は低く言った。

「どうして？」

「遣《や》り手の横関弁護士が何か手品を使って、きみの無罪を勝ち取ったんだとしたら、誰かが種明かしに挑む気になるだろうからな」

「まるでおれの精神鑑定がいんちきだったと言わんばかりの口ぶりだな」

「そんなふうに受け取るのは、何か思い当たることがあるからなんじゃないのか？」

「冗談じゃねえや。裁判所の依頼でおれの精神鑑定をしたのは、一流医大の精神科医なんだ」

「社会的に名声のある成功者であっても、聖人じゃない。さまざまな欲や隙《すき》もあるもんさ」

「ふざけんな。帝都医大病院の精神科医長をやってる菅沼学《すがぬままなぶ》先生が私情で鑑定内容を変えるわけねえ。それは、精神科医として自殺行為に等《ひと》しいからな」

「その通りだが、人間は愚《おろ》かで脆《もろ》いもんなんじゃないのか」

「あんたの言い方、気に入らねえな。くそっ、ただの刑事が偉そうぶりやがって」

「こっちは、仕事で大勢の人間と接してきたんだ。だから、人間の愚かさや弱さもわかってる」

「とにかく、うぜえんだよ。とっとと消えてくれ。おれは頭に血が昇《のぼ》ったら、相手がお巡りだって、とことん楯突《たてつ》くぜ。殴られたくなかったら、早く退散しろ！」

衣笠が喚《わめ》いて、自宅に引っ込んだ。

半沢は苦笑し、スカイラインの運転席に入った。

「何か収穫はありました？」

奈穂が声をかけてきた。半沢は、経過をかいつまんで話した。

「落書きをした二人をいったん押さえて、赤木健太殺しとの関わりを探《さぐ》り出す手もあるんじゃありません？」

「別件逮捕めいたことは好きじゃないんだ。刑事道に反するような気がするんでね」

「そうですか」

「さっき衣笠にも同じようなことを言ったんだが、落書き程度のことで二人を何十時間も拘束はできないよ。第一、追い込み方が汚い。そういう手は使いたくないんだ」

「ええ、わかります。落書きの内容は過激でしたけど、ただの威《おど》しですよね？」

「だと思うが、庄司敦夫が息子のことを不憫《ふびん》に感じたら、何か衣笠大樹に仕掛けるかもしれないな。といっても、殺すことはないだろうが」

「怪我を負わせる程度のことは……」

「やるかもしれないな。それから、白石護は自分が不利になることを承知で、庄司敦夫と一緒にカラースプレーを石塀に吹きつけた。それなりに肚《はら》を括ったからだろう」

「それじゃ、白石護が赤木健太を殺したかもしれないと……」

「そうは言ってないが、自分や十二人の同調者のために体を張る気になったんだろう。白石は、精神鑑定をした医師のことを調べてると事務局長が言ってた。鑑定に何かからくりがあると疑いはじめてるんじゃないのかな」

「そうなんでしょうか」

「さっき衣笠大樹と喋ってるとき、こっちもそんな気がしてきたんだ。というのはね、衣笠はふたたび何か事件を起こしても、刑事罰を免れる自信があると言わんばかりの口ぶりだったんだ」

「そうなんですか。確かに凄腕《すごうで》の弁護士が味方になってくれれば、心強いですよね。言い方はよくありませんけど、黒いものを白くしてもらえる可能性はありますから。

そこまでは無理でも、グレイゾーンはそっくり消してもらえそうでしょ？」

「その程度のことは、しょっちゅう行われてるだろう。むろん弁護士の大半は、金で魂《たましい》まで売ってるとは思わないがね。しかし、数こそ少ないが、悪徳弁護士もいる。それが現実だ。横関が検察側の精神鑑定はおかしいと裁判所に働きかけて、新たに鑑定し直させたとも考えられなくはないな」

「ですけど、横関弁護士の名は世間に知られてます。せっかく手に入れた名声を自《みずか》ら穢《けが》すような真似《まね》はしないと思いますけどね」

「人間は時々、魔が差すもんだよ。心の中に魔物が棲《す》みついてるのかもしれないな。真面目《まじめ》に生きてきたベテラン銀行員がオンライン操作して、勤め先の金を詐取《さしゅ》した例は何十件もある。堅物の公務員が横領で逮捕されたケースも珍しくない」

「そうですね」

「教師、警官、代議士、僧侶が十代の少女を金で買って検挙されてるし、痴漢で取り押さえられたりもしてる。万引き犯となると、おそらく全職業に亙《わた》ってるんじゃないだろうか」

「だから、高名な弁護士が不正なことなどするはずないと思い込むのは危険だってわけですね？」

「ま、そういうことだ」

「しかし、いくらなんでも世間で高く評価されてる精神科医がまさか虚偽鑑定をするなんてことは考えられないでしょ？」

「絶対にないとは言い切れないぞ。繰《く》り返すが、人間は時に突飛《とっぴ》なことをやってしまう動物なんだ。それは頭脳労働者でも、筋肉労働者でも同じだよ。つまり、どんな人間もちょっとした弾《はず》みで、犯罪に走ってしまう危《あや》うさを秘めてる」

「長い刑事生活で、そのことを知ったんですね？」

奈穂が言った。

「うん、まあ。どんなに偉くても、みんな、ただの人間なんだよ。極論だが、すべての人間は犯罪予備軍なんだ」

「実際、その通りなのかもしれませんね」

「だからこそ、逆に罪人を特別な悪党と極《き》めつけてはいけないんだよ。さて、きょうはこれで切り上げよう」

半沢はエンジンを始動させた。

2

ラスクを三つ食べた。

奈穂は飲みかけの紅茶を口に運んだ。警察学校の寮の自室である。衣笠大樹の自宅まで白石たち二人を尾行した翌朝だ。

「考えてみればさ、わたしの指導係も気の毒な奴なのよ」

同室者の室岡由起が言った。彼女は、まだメロンパンを齧《かじ》っていた。

「なんで？」

「ひとり息子が有名私立中学に合格するまで独身に戻ったつもりで自分のことはすべて自分でやれって、奥さんに言い渡されたんだってさ。去年の元旦にね」

「奥さんは教育熱心なのね」

「うん、そうみたい。それで将来、息子を高級官僚にしたがってるんだって」

「いまどき、そういうタイプの母親は珍しいんじゃない？　いい学校出たからって、将来、経済的な安定を求められる時代じゃないわ。だから、スローな生き方をめざす人たちが増えてる感じでしょ？」

「そういう傾向はあるけどさ、やっぱりエリート官僚に憧《あこが》れてる主婦はいるのよ。それはともかく、息子が受験勉強に打ち込んでるんだから、両親もストイックな暮らしをしようって、指導係は奥さんにセックスレス宣言されちゃったんだって」

「ふうん」

「男ってなんか哀《かな》しいね。妻子のためにせっせと働いてるのに、家庭では粗大ごみ扱いされてる感じだもの」

「そうなのかな」

奈穂はダイニングテーブルの下で、左の袖口《そでぐち》をそっと捲《めく》った。いつもなら、もう部屋を出ている時刻だ。

研修先の近い由起は、奈穂よりも遅く部屋を出る。

「実はさ、昨夜《ゆうべ》、指導係に誘われて飲みに行ったのよ。といっても、流行《はや》りのスタンディングバーに行っただけなんだけどね。冴《さ》えない指導係が洒落《しゃれ》た造りの店を知ってたんで、びっくりしたわ。てっきり行きつけの立ち飲み屋さんだと思ってたら、彼も初めてだったのよ」

「そう」

「指導係は本屋でグルメ雑誌を立ち読みして、その店のことを頭にインプットしといたんだって。その雑誌を買わないとこがいかにもセコいって感じだけどさ、ちょっとかわいいじゃない？　若い研修生の趣味と合わない店に連れてはいけないと思ったみたいよ」

「そうなんだろうね。由起、わたし、そろそろ……」

「出かける時間ね」

「そうなのよ。帰ってきたら、ゆっくり話のつづきを聞くわ」

「指導係とは焼酎《しょうちゅう》のお湯割りを二杯ずつ飲んで別れたのよ。別に奈穂に報告しなければならないようなことはなかったの。もしかしたら、口説《くど》かれるかもしれないと心の中で思ってたんだけどね」

「口説かれたら、どうするつもりだったの？」

「もちろん、ホテルに一緒に行く気なんかなかったわ。でも、カクテルバーかどこかで、気を持たせるのも面白いかなって考えてたの」

由起が言って、メロンパンを頬張った。

「悪い女ねえ」

「うふふ。男って、中年になってもどこか初心《うぶ》なところがあるでしょ？　だから、なんかからかいたくなっちゃうのよね」

「男をなめてると、後で泣くことになるわよ」

「わかってる、わかってるって。それよりさ、その後、神林は？」

「さすがに接近してこなくなったわ」

「奈穂、まだ安心できないわよ。神林は、ちょっとやそっとじゃ諦《あきら》めない奴みたいだから」

「悪いけど、もう行く」

奈穂は紅茶茶碗とパン皿をシンクに移して、手早く薄くルージュを引いた。同室者に見送られて、大急ぎで部屋を出る。

奈穂は寮から走り出て、近くのバス停留所まで駆けた。だが、一瞬遅かった。早くもバスは走りはじめていた。

次のバスが来るのは十二分後だ。それを待っていたら、完全に遅刻してしまう。

奈穂は溜息をついて、車道に降りた。

都心と違って、流しのタクシーは多くない。それでも五、六分待つと、空車が通りかかった。

奈穂は、そのタクシーで研修先に急いだ。

さすがに町田署の玄関口にタクシーを乗りつけることは気が引けた。署の数十メートル手前で車を降り、二階の刑事課に駆け上がる。ぎりぎりセーフだった。

「遅くなって、すみません。すぐにみなさんのお茶とコーヒーを淹《い》れます」

奈穂はコートを脱ぎながら、半沢に言った。

「お茶はいいよ。それから、きょう一日だけ草刈の下についてくれ。こっちは多摩中央署から取り寄せた赤木健太の事件の関係調書の写しをここで読み込まなきゃならないんだ。本庁から出張《でば》ってきてる管理官命令なんだよ」

「そうなんですか。本庁の方々も、やはり白石護をマークしているのでしょうか？」

「いや、旦那《だんな》方はどうも結城智史のほうをマークしてるようだな。結城と姿子が不倫関係にあったことを重く見たんだろう。そして、結城が健太の継母《けいぼ》である姿子から赤木家の人々の動きを探り出し、犯行に及んだと推測したようだな」

「そうなんでしょうね」

「管理官は、われわれ所轄の人間は白石の動きを見守ってくれと言ったんだ。本庁と所轄の刑事がコンビを組むのが習わしなんだが、そうしたがらない。町田署《うち》の者たちを回り道させたいと考えてるのかもしれないな。だが、結城はシロだと思うよ。だからといって、白石護がクロだとも言えないんだよ」

「でも、結城よりは不審な点がありますよね。きのう、庄司敦夫と一緒に衣笠宅の石塀に物騒《ぶっそう》な落書きをしました」

「そうだな。白石の張り込みは宇野と森のペア、庄司には堀切と村尾に張りついてもらう。今井は、ここで各班からの報告を受ける。きみは草刈の車に乗せてもらって、衣笠宅で張り込みだ」

「わかりました」

「きょうは、おれが親方の代わりに刑事魂を叩《たた》き込んでやる」

草刈が笑いながら、そう言った。

「お手柔らかに」

「そうはいかない。おれは、若い女をいじめることに無上《むじょう》の歓《よろこ》びを覚える真性《しんせい》のサディストだからな」

「えっ、そうだったんですか⁉」

「冗談だよ。すぐに出られるか？」

「は、はい」

奈穂は椅子《いす》の背凭《せもた》れに掛けたコートを摑《つか》み、草刈の後《あと》を追った。二人は刑事課を出ると、駐車場に直行した。

覆面パトカーのスカイラインに乗り込む。草刈が、やや荒っぽく車を発進させた。奈穂は少しのけ反った。

「悪い、悪い！　ちょっと乱暴だったな」

草刈はスカイラインを旭町交差点から町田街道に乗り入れ、八王子方面に向かった。

交通量が多い割に、町田街道は幅員《ふくいん》が狭い。時間帯によっては、かなり渋滞する。小山《おやま》郵便局のあたりまではスムーズに進めたが、その先は夥《おびただ》しい数の車が連《つら》なっていた。

「裏道をたどって、目的地に行こう」

草刈は屋根《ルーフ》にマグネットタイプの赤色灯を装着させると、前方の車を次々に路肩《ろかた》に寄せさせた。二番目の交差点を右に折れ、街道とほぼ並行している裏通りを進んだ。

数分が経過したころ、草刈が無線のスイッチを入れた。

管内で発生した事件や事故の情報が生々しく伝わってくる。通信指令本部とパトカーとの無線交信は警察用語混《ま》じりで、どちらも応答に無駄《ロス》がない。

「本事案《ほんじあん》に関連のありそうな事件は発生してないな」

草刈が低く呟《つぶや》き、警察無線のスイッチを切った。

「カッコいいな」

「え？」

「一人前の刑事は、やはり動きが違いますね。動作がきびきびしてて、カッコいいですよ。半沢係長はゆったりと構えてて、あれはあれで素敵ですけど」

「うちの親方は確かにもっさりとした印象を与えるが、犯人を追うときは信じられないほど速《はや》く走るんだ。若いおれたちが息が上がりそうになっても、親方のスピードは落ちない」

「こっそり毎朝、走り込んでるんですかね」

「いや、そういうことはしてないはずだよ。犯人を逃《のが》したくないという刑事の執念《しゅうねん》が人一倍強いんで、体の底からパワーが湧《わ》いてくるんだろう。とにかく、そのことは署内の七不思議の一つに数えられてるんだ」

「そうなんですか」

「親方は逮捕術にも長《た》けてる。相手が死にもの狂いで抵抗しても少しも怯《ひる》まないし、先方の動きを読んで、やすやすと取り押さえてしまうんだよ」

「柔道歴が長いようですから、相手の心理が自然に読めるんじゃないんですか？」

「そういうこともあるだろうが、親方は人間の気持ちそのものを深く理解してるんだろうな。人間はこういう状態になったら、こう思うにちがいないと……」

「それだけ洞察力があるってことなんでしょう」

「そうなんだろうな。それに親方はぼんやりしてるようだけど、部下のことを実によく見てる。誰かが職場で浮かない顔をしてれば、親方はそいつを署の近くの定食屋に連れて行って、とにかく好物を腹一杯食べさせるんだ」

「そして、さりげなく相手の悩みを探り出してるんですね？」

　奈穂は確かめた。

「いや、親方は自分からカウンセラーめいたことは決して言わないんだよ。相手が何か喋り出すまで、黙ったままなんだ。優しさを押し売りするのは、恥ずかしいことだと思ってるようだな」

「これ見よがしの思い遣りはスタンドプレイめいていますからね。それに、半沢係長は照れ屋なんだと思います」

「それだから、照れ隠しに……」

「親父ギャグを飛ばしてるんでしょ？」

「そうなんだと思うよ。笑えない駄洒落《だじゃれ》も多いんだが、おれたち強行犯係のみんなはそれほど迷惑はしてないんだ。小杉課長は露骨に顔をしかめてるけどな。多分、課長は親方に嫉妬《しっと》してるんだろう」

「半沢係長が部下たち全員に慕《した》われてるから？」

「そう。小杉課長は自分の出世のことを第一に考えるタイプだから、刑事課の誰からも嫌われてる。そういう意味では、かわいそうな上司だよ。しかし、おれは特に同情する気にはなれないな」

「人望《じんぼう》を集められるかどうかは結局、当人の生き方で決まっちゃうんでしょうね？」

「だろうな」

会話が途切《とぎ》れた。

目的地の数キロ手前で、草刈は赤い回転灯を車内に取り込んだ。衣笠邸の少し手前でスカイラインは停められた。

「庄司か白石が衣笠大樹に何かすると決まったわけじゃないが、ここで網を張るほかないからな」

草刈が言って、ヘッドレストに後頭部を預けた。

「あれだけ過激な落書きをした二人ですから、わたしは何かするような気がしています」

「女の勘はよく当たるって言うから、ちゃんと聞いとかないとな。ついでに教えてもらうか。どっちが衣笠大樹に何かすると思う？」

「わたしは、庄司敦夫が息子の順の仕返しに来るんじゃないかと推測してます。白石護は庄司父子に同情して、落書きする気になっただけなんでしょう」

「ということは、本庁に殺人予告メールを送りつけた不穏《ふおん》なグループと白石は無関係だと？」

「それは、まだなんとも言えません。白石が『飲酒運転事故被害者の会』をおよそ半年前に脱《ぬ》けて、その後、十二人の会員に不穏なことを持ちかけて退会させたことは事実のようですから」

「そこまでやってるんだから、謎のグループを束《たば》ねてるのは白石護と見てもいいんじゃないのか。そして、先日、赤木健太を歩道橋の階段から突き落としたのは白石自身と考えてもいいんじゃないのかね」

「白石護のアリバイの裏付けが取れてないことが決め手ですか？」

　奈穂は訊いた。

「決め手と呼ぶには弱すぎるが、ほかの状況証拠を考え併《あわ》せると、やっぱり白石が臭いな」

「半沢係長は、本庁の方たちは結城のほうを怪しんでいるようだとおっしゃっていましたが、草刈さんはどう思います？」

「元自衛官の結城は短気な性格だよな。そんな奴が三年近くじっと待ってから、兄の仇を討つとは思えない。仕返しするなら、もっと早い時期に実行してただろう」

「でしょうね」

「ただ、結城はさ、死んだ兄貴にある種の後ろめたさを感じてたかもしれないんだよな」

「憎んでた赤木健太の継母である姿子を好きになってしまったことで？」

「そう。健太と姿子には血の繋《つな》がりはまったくない。しかし、法的には母と子の関係であるわけだ」

「ええ、そうですね」

「仮に結城が最初は赤木健太を殺害する気でいたんだったら、姿子との不倫で気持ちが変わったことになる。惚《ほ》れた人妻を困らせたくなくて兄の復讐《ふくしゅう》を諦めたんだとしたら、死者に後ろめたい気持ちになると思うんだ」

「多分、なるでしょうね」

「そういう思いが膨《ふく》れ上がったら、発作的に結城は赤木健太を始末しようと考えるかもしれない。伊織、どう思う？」

「ええ、そう考えるかもしれません」

「だとしたら、結城のアリバイもまだ成立してないわけだから、赤木殺しの容疑者のひとりとは言えるな」

「白石と結城の靴のサイズは、どちらも二十六センチです。判断が難しくなってきたわ」

「そうだな」

「草刈さん、いったん頭の中を白紙に戻してみませんか。白石と結城のほかにも、不審な人物はいるかもしれないでしょ？」

「これまでの捜査の手がかりでは、第三の容疑者の存在は考えにくいな。目撃証言だけじゃなく、赤木健太の両親の話でも被害者が誰かとトラブルを起こしたという事実はないんだ」

「赤木健太の父親や継母が世間体を考え、被害者の揉《も》め事を故意に言わなかったとしたら、第三の容疑者がいるかもしれないわけでしょ？」

「なるほど、そうなるな。伊織は単に勝ち気なだけじゃなく、意外に頭の回転も早いんだね」

「意外には余計なんではありませんか。冗談はともかく、そういうこともあるかもしれないでしょ？」

「そうだね。成功者たちは、身内のスキャンダルを極端に隠したがるようだしな」

「あっ、そうか！」

「なんだよ、急に大声を出したりして」

「赤木俊男さんは遺り手の実業家みたいですから、その分だけ敵も多いと思うんですよ」

「だろうな」

「過去に強引な方法で中小企業を買収したことがあるのかもしれませんね。あるいは、汚い手を使って、同業者たちの会社を倒産に追い込んだことがあるんじゃないのかしら？」

「どちらも考えられるな。急成長した企業はたいがい似たようなことをやって、巨大化を図ってきた。有名なデパートや鉄道会社だって、乗っ取りと企業買収を重ねて大企業になったわけだからな」

「ええ、そうみたいですね。だから、被害者の父に大損させられた誰かが腹を立て、ひとり息子の健太を殺害した可能性もあるわけでしょ？」

「ああ、そうだな。盲点を衝《つ》かれた感じだよ。現場捜査が長くなると、どうしても初動捜査や現場検証で明らかになったことだけに気を奪われやすいが、推測の領域をもっと拡《ひろ》げてもいいのかもしれないぞ」

「そう思います。あんまり捜査範囲を拡げすぎると、捜査員は翻弄《ほんろう》されることになってしまうでしょうけどね」

「そうだろうな。それでも、できるだけ推測の幅は大きくすべきだね。そうすれば、誤認逮捕といった勇み足はしないで済むかもしれないからな」

「ええ」

「ちょっと親方に電話してみるよ」

草刈が刑事用携帯電話《ポリスモード》を懐から取り出し、半沢係長に連絡を取った。遣《や》り取《と》りは短かった。

「赤木俊男のビジネス関係のトラブルは、本庁の者がもう洗ったらしいよ」

草刈がポリスモードを所定のポケットに戻した。

「そうだったんですか。わたし、余計なことを言っちゃいましたね。ごめんなさい」

「気にすんなって。伊織は、いいことを言ってくれたんだ。とても参考になったよ」

「草刈さんって、案外、優しいんですね？」

「案外は、余計だろうが」

「あっ、さっきの仕返しですね」

奈穂は笑顔で言った。

二人は張り込みに専念しはじめた。午前中は何も動きがなかった。

今井から草刈に電話がかかってきたのは午後二時過ぎだった。庄司敦夫がマイカーで自宅を出て、近くでレンタカーに乗り替えたという報告が張り込み中の堀切班から入ったらしい。

庄司が借りたのは、灰色のカローラだという。目下、堀切と村尾のペアが追尾《ついび》中だという話だった。『白石サイクル』の近くで張り込み中の宇野班からは、何も報告はないそうだ。

「庄司が単独で、衣笠に何かする気なのかもしれないな。わざわざレンタカーを調達したってことは、危《ヤバ》いことをする気なんだろう」

「そうなのかもしれませんね」

「カローラを見かけたら、要注意だぜ」

「はい」

奈穂は、にわかに緊張しはじめた。

ふたたび署にいる今井から草刈に連絡があったのは、およそ三十分後だった。

「えっ、堀切班が対象車を見失った。今井さん、冗談なんかじゃないですよね？」

「…………」

「なんてことなんだ。で、堀切班はこっちに向かってるんですね？　二人が合流したら、おれたち四人で衣笠宅の周辺を固めます」

「…………」

「え？　研修生は危険だから、車の中から出さないようにしろと言うんですね。いいえ、文句はありません。ただ、おれたち三人では完璧《かんぺき》には見張れないと思ったんですよ」

「…………」

「宇野班の二人もこっちに回してもらえるんだったら、もちろん大丈夫です。ええ、お願いします」

草刈が通話を切り上げ、奈穂に顔を向けてきた。

「今井さんとの遣り取りでわかっただろうが、庄司がこっちに現われても、伊織はこの車の中で待機しててくれ」

「わたし、見張りぐらいだったら、できると思います。だから、手伝わせてください」

「申し出はありがたいが、そっちが弾除《たまよ》けにでもされたら、厄介《やっかい》なことになるからな」

「でも……」

「今回は、こっちの言う通りにしてくれ」

「わかりました」

奈穂は指示に従うことにした。

それから二十五分ほど過ぎたころ、堀切班が到着した。十五分ほど遅れて、宇野班の車も駆けつけた。

草刈、宇野、森、堀切、村尾の五人が飛び飛びに衣笠邸を取り囲み、本格的に張り込みはじめた。奈穂はスカイラインの助手席から、衣笠邸の門を監視しつづけた。

何事もなく時間が流れ、やがて夕闇が濃くなった。

そんなとき、鮨屋《すしや》の店名の入った濃紺の軽自動車が衣笠邸内に滑《すべ》り込んだ。運転席の男の顔はよく見えなかった。若くはなさそうだった。

衣笠大樹が近所の鮨屋から出前させたのだろう。

奈穂はそう思いながらも、なんとなく気になった。覆面パトカーをそっと降り、衣笠宅の門まで走る。

邸内を覗《のぞ》くと、ポーチに二つの人影が見えた。ひとりは衣笠大樹で、もう片方は庄司敦夫だった。庄司が大声で衣笠を罵《ののし》り、隠し持っていたゴルフクラブを上段から振り下ろした。アイアンだった。

左の肩を打たれた衣笠はポーチに倒れた。庄司がアイアンクラブを振り翳《かざ》す。

「やめなさい！　警察よ。ゴルフクラブを捨てなさいっ」

奈穂は大声で諫《いさ》めた。

庄司がゴルフクラブをポーチの下に投げ落とし、衣笠の顎《あご》を蹴《け》り上げた。

奈穂は、近くにいる草刈を呼んだ。草刈がすぐにポーチまで駆け、庄司を取り押さえた。

奈穂は、ひと安心した。

3

渋い茶がうまい。

思わず半沢は唸《うな》った。奈穂が茶を淹れ直してくれたのである。刑事課の自席だ。

取調室2では、今井と草刈が庄司敦夫の取り調べに当たっている。救急車で八王子総合医療センターに担《かつ》ぎ込まれた衣笠大樹は鎖骨《さこつ》を折られ、前歯も一本抜けてしまったらしい。

「お手柄だったな。ご苦労さん！」

半沢は、隣席の研修生を犒《ねぎら》った。

「褒《ほ》めすぎですよ、お手柄だなんて」

「いや、実際、お手柄だったじゃないか。きみが鮨屋になりすました庄司に不審の念を懐《いだ》かなかったら、おそらく衣笠はアイアンクラブでめった打ちにされてただろう。ヘッドが頭部を直撃してたら、殺人事件に発展してたにちがいない」

「庄司敦夫には殺意はなかったんだと思います」

「そう思った理由は？」

「庄司はその気になれば、ゴルフクラブのヘッドで衣笠大樹の頭を一撃することもできたはずです。でも、狙《ねら》ったのは肩口でした。つまり、相手を殺す気は最初っからなかったんでしょう」

「なるほど」

「わたしは、これといったことは何もしてません。ただ、大声で草刈さんたちを呼んだだけですから。手柄を立てたのは草刈さんですよ。彼が庄司敦夫を緊急逮捕したんで、被害者は重傷を負わせられずに済んだんです。加害者にしても、殺人未遂じゃなく、傷害容疑で地検送りになるんですよね？」

「それは、まだわからないな。庄司に殺意があったとすれば、当然、傷害罪では済まなくなる」

「ええ、それはね。ですけど、さっき言ったように庄司が衣笠を殺す気だったら……」

「庄司はわざと急所を外して、徐々に衣笠を殺すつもりだったのかもしれない」

「それを全面的に否定する根拠はありませんけど、わたしは庄司に殺意はなかったと思いたいですね」

「個人的な思い入れは必要ないんだよ、捜査には。目撃証言や聞き込みでわかった事実の断片を繋ぎ合わせて、事件の真相の核心に迫る。それだけでいいんだ」

「は、はい」

「若いときは、どうしても加害者の犯行動機が理解できると、つい温情をかけたくなってしまう。しかし、罪は罪だよ。加害者はそれなりに罰《ばっ》する必要がある」

「そのことは、わかってるつもりです」

「ならば、もう先輩風は吹かさないよ。ちょっと取調室を覗いてくる」

「わかりました」

奈穂が短く応じた。

半沢は椅子から立ち上がり、取調室2に足を向けた。ドアを開けると、今井がスチールデスクを挟《はさ》んで被疑者と向かい合っていた。草刈はノートパソコンの供述記録を読み返していた。

「衣笠邸での犯行は全面的に認めました。ですが、衣笠を殺す気はなかったと言い張ってます」

今井が立ち上がって、小声で半沢に報告した。

「そうか。後は、おれが取り調べに当たるよ。そっちは、夕飯を済ませちゃってくれ」

「はい」

「それじゃな」

半沢は今井が取調室から出ると、庄司敦夫の前に坐った。庄司は腰縄《こしなわ》を回されていた。縄の端は、パイプ椅子の脚《あし》に括りつけられている。手錠は外されていた。

「腰縄、きつくないか？」

「はい、大丈夫です。刑事さんたちには面倒をかけることになってしまいましたが、わたしはどうしても衣笠大樹の行為が赦せなかったんです」

「息子さん、ひどい目に遭ったね。八王子の居酒屋で飲んでて、衣笠に因縁《いんねん》をつけられて、一方的に殴打されたわけだから」

「あまりにも理不尽ですよ。息子の順は大怪我させられた上に心に深い傷を負ったというのに、加害者はなんの刑事罰も受けなかったんです。わたし、弁護士に頼んで精神鑑定のやり直しを求めるつもりだったんです。しかし、要求が通るはずはないと説得されて、泣く泣く諦めたんですよ。その晩は、家内と息子と一緒に悔《くや》し涙を流しました」

「当然だろうね。あなた方一家の気持ちは、よくわかりますよ。しかし、裁判所の判決は尊重しなければならないんです。それが法治国家のルールだからね」

「ですが、常に裁判が正しく行われているとは限りません。所詮《しょせん》、判事たちも人間です。全知全能の神ではないわけですからね。それに、検察は強大な捜査機関です。裁判所に圧力をかけることもあると思います」

「ええ、そうでしょうね。だからといって、加害者を私的に裁《さば》いてもいいことにはなりません」

「そうなんですが……」

庄司が下唇を噛《か》んだ。

「きのう、あなたは白石護と一緒に衣笠宅の石塀に過激な落書きをしましたね。わたしは、この目で見たんです。だから、空とぼけても無駄ですよ」

「落書きのことは認めます」

「物騒な威《おど》し文句が並んでました。確認しておきたいんだが、衣笠大樹を殺す気はなかったのかな？」

「大怪我させるつもりでしたが、殺意はありませんでした。だから、アイアンで頭部を狙うことは避けたんですよ」

「なるほど。それから、もう一つ確かめさせてもらいます。逮捕されたとき、あなたは上着の内ポケットに未使用の大型カッターナイフを忍ばせてましたね？」

「はい」

「衣笠が反撃してきたら、刃物を使う気だったのかな？」

半沢は確かめた。

「いいえ、違うんです。わたし、衣笠を半殺しにしたら、自分の頸動脈《けいどうみゃく》をカッターナイフで切断するつもりでいたんですよ」

「つまり、死ぬ気だった？」

「ええ、そうです。理由はどうあれ、衣笠を襲ったわけですから、れっきとした犯罪者に成り下がったことになります。もう服役して再出発できる年齢ではありませんですんで、わたしは死で罪を清算するつもりだったんですよ」

「そのことを立証できますか？」

「ええ、できます。家内と息子宛《あて》の遺書を犯行前に投函しました。速達ではなかったんですが、遅くとも明日の午前中には自宅に届くと思います」

「息子さんが社会にうまく対応できるようになるまで、どうして怒りを抑《おさ》えられなかったのかな。家族は、新たな苦しみを味わわされることになるんですよ」

「はい、そうですね。しかし、順が不憫《ふびん》で、どうしても衣笠大樹を何らかの形で懲《こ》らしめてやりたかったんです」

「白石護に焚《た》きつけられたということは？」

「焚きつけられたわけじゃありません。しかし、白石さんの考えには同調できる部分がありました。彼が口癖のように言ってたんですが、法は無力です。無力が言い過ぎなら、法には限界があると言い換えてもかまいません」

「だから？」

「法で裁けない悪党は、私刑《リンチ》を加えるほかない。それが白石さんの持論です。彼が『飲酒運転事故被害者の会」を半年あまり前に脱けたのは、大半のメンバーが国から被害補償金を多く取りたいと算段ばかりしてるので、絶望してしまったんですよ。わたしを含めて十二人の会員は、白石さんに近い考えを持ってました」

「それで、あなた方は退会して白石護と不穏なグループを結成したのか」

「なんなんです、それは⁉」

「白石護の実弟をおよそ三年前に車で轢き殺した赤木健太が先日、町田市内の歩道橋の階段から何者かに突き落とされて死んだニュースはご存じでしょ？」

「ええ、知ってますよ」

「まだマスコミには伏せられてますが、その翌日、警視庁に渋谷のネットカフェから殺人予告メールが送りつけられたんですよ。精神鑑定などで刑事罰を免れた殺人者をひとりずつ処刑していくという内容でした」

「その組織を仕切ってるのが白石さんなんじゃないかとおっしゃるわけですね。そんなばかな！」

「疑える材料があるんですよ」

「それは、どんなことなんです？」

庄司が問いかけてきた。

「白石護は健太が死んだ直後に遺族に祝電を送りつけて、さらに真紅のバラの束を赤木邸内に投げ込んでます」

「そんなことをするようには……」

「さらに、赤木健太が殺害された日のアリバイがないんですよ。供述した言葉の裏付けは取れませんでした。従って、彼が赤木健太を殺した可能性はゼロとは言い切れないわけです」

「確かに白石さんは弟のことで、赤木健太を憎んでました。しかし、彼自身が赤木を歩道橋の階段から突き落とすとは思えないな。少なくとも、わたしが白石さんから妙な組織を作ろうなんて話を持ちかけられたことは一度もありません。多分、わたし以外の退会メンバーも、そういう話はされたことがないでしょう」

「もしかしたら、白石が個人的に本庁に殺人メールを送信して、あたかも不穏なグループが存在するように見せかけただけなのかもしれませんね」

　草刈が椅子ごと体を反転させ、半沢の顔を覗き込んだ。

「そういうことも考えられるな」

「そうだったとしたら、白石護が赤木健太を殺《や》ったのかもしれない。ただ、親方が言ってたように、三年近く経《た》ってから弟の復讐をするとは……」

「考えにくいな。誰かが白石護に赤木健太殺しの罪を着せようと小細工《こざいく》を弄《ろう》したんだろうか」

「親方、その線はありかもしれませんよ。そいつがネットカフェから殺人メールを送信してた。もちろん、その人物は何か赤木健太に恨《うら》みを持ってたんでしょう」

「結城智史が兄のことで、赤木健太を憎んでたことは間違いない。しかし、白石は共通の敵を持つ者だ。自分と同じ立場の知人に殺人の罪を被《かぶ》せる気になるだろうか」

「普通は、そこまではやれないでしょうね。ですが、自分が赤木殺しなんかで人生を棒に振りたくないと思ってたら、苦し紛《まぎ》れにそんな知り合いにも濡衣を着せる気になるかもしれませんよ」

「だが、結城の兄が車で轢き殺されたのは三年近くも昔のことだ。やはり、仕返しの時期が遅すぎる気がするな」

「そうですね。親方、やっぱり赤木健太は謎の第三者に殺されたんじゃないのかな。そいつは、それで捜査の目が白石護に向くよう画策《かくさく》した。そう考えれば、一応、パズルのピースが埋まった感じでしょ？」

「そうだな」

半沢はうなずいた。

そのとき、取調室のドアがいきなり開けられた。半沢は出入口に目をやった。本庁捜一《そういち》の志賀警部と月岡警部補が並んで立っていた。どちらも表情が硬い。

「ノックぐらいしてほしかったな、いくら本社の方たちでも」

半沢は皮肉を込めて言い、志賀の顔を見据《みす》えた。

「確かに失礼だったね。小杉課長は庄司敦夫が衣笠大樹とかいう男を襲った事案をずっと黙ってたんで、ちょっと頭にきてたんだ」

「課長は、まだ取り調べ中なので、本社《ヽヽ》に報告しなかったんでしょ？　別に他意はなかったんだと思いますよ」

「そうなのかなあ」

「志賀警部、何か言いたそうですね？　おっしゃりたいことがあったら、どうぞ遠慮なく言ってほしいな」

「なら、言わせてもらおう。小杉課長は所轄の人間だけで片をつけることを望んでるんじゃないのかな。だから、庄司を緊急逮捕したことをわざと言わなかった」

「うちの課長は、そんなに器《うつわ》が小さくないですよ」

「おや、意外な言葉が返ってきたな。課長とおたくは反《そ》りが合わないという噂を聞いてたが、苦手な上司を庇《かば》うとはね」

「別に課長を庇ったわけではありません。事実を言ったまでです。どこの所轄も捜査員の数が限られてるんです。捜査本部《チョウバ》が立つのは、ありがたいですよ。われわれは本社《ヽ》の人たちを出し抜こうなんて考えてませんよ。もちろん、課長もね」

「笑っちゃいたいほど優等生的な言葉だな。所轄の捜査員は少ないわけだから、庄司の取り調べはわれわれが引き継ぐ。二人とも、刑事課フロアに戻ってくれないか」

「断る！」

「粋《いき》がった物言《ものい》いだな」

「こっちは、まだ取り調べ中なんです。仁義を無視してもらっちゃ困る」

「所轄の連中はそんな時代がかったことを言ってるから、本庁にお株を取られてばかりいるんだ」

「今回の被疑者《マルヒ》を検挙《アゲ》たのは、こっちなんだ。それに、本件との関わりはなさそうなんですよ」

「えっ、そうなのか⁉　取り調べ方が甘いんじゃないの？」

「そこまで言わせないぞ。あんたの職階はおれより上だが、刑事としてのキャリアはこっちのほうが長いんだ」

「それはそうだが……」

「とにかく引き取ってほしいな」

「半沢係長、口を慎《つつし》め！」

月岡警部補が怒声を張り上げた。

「おたく、いつ警部に昇格したんだ？　まったく知らなかったよ」

「職階は半沢係長と同じだよ。しかし、自分は本庁捜一の人間だし……」

「こっちは確かに所轄署の刑事さ。だからって、若造が偉そうなことを言うな。二人とも引っ込んでてくれ」

半沢は、つい感情的になってしまった。草刈が本庁の捜査員たちを等分に睨《にら》みながら、高く拍手した。

「きさま、巡査部長の分際《ぶんざい》で……」

月岡が、いきり立った。

「外に出るか？」

「お、おまえ！」

「あんたに、おまえ呼ばわりされたくないな。それより、ここで殴り合うかい？」

「そっちが本庁勤務になることはないだろう。月岡、行くぞ」

志賀が草刈に言い放ち、部下の腕を引っ張った。月岡がドアを荒々しく閉めた。

「警察の人間関係も、いろいろ大変みたいですね」

庄司の声には、同情が込められていた。

「見苦しいとこを見せちゃったな」

「いいえ」

「取り調べを続行させてもらうよ。白石護は、あんたが衣笠を襲うことを事前に知ってたのかな」

半沢は訊いた。

「薄々は勘づいてたと思います。しかし、特に反対することはありませんでした」

「そう。鮨屋の軽自動車は路上で盗んだのか？」

「いいえ。幼馴染《おさななじ》みが日野で、鮨屋をやってるんですよ。その男に頼んで、レンタカーのカローラに乗り替えたんです」

「警察にマークされてることに気づいたわけか？」

「ええ、そうです。レンタカーでそのまま衣笠の自宅に向かったら、目的を果たせなくなるかもしれないと思ったんで、鮨屋の軽自動車を借りることを思いついたんですよ」

「鮨屋の出前を装えば、衣笠宅の敷地内にすんなり入れると判断したんだね？」

「そうです」

「話が前後するが、白石護は赤木健太の精神鑑定をした医師のことを熱心に調べてたらしいんだが、その件で何か知ってたら、ぜひ教えてほしいんだ」

「白石さんは赤木健太の弁護士や裁判所の職員に接触して、担当の精神科医の個人情報を探り出そうとしたみたいなんですが、どうもうまくいかなかったようですね」

「それじゃ、精神鑑定に何か裏があったかどうかもわからなかったのか」

「ええ、多分ね。ただ、白石さんは赤木健太の精神はノーマルで、責任能力もあるはずだと一貫して言ってました」

「そう」

「その後、白石さんは別の方法で赤木の精神鑑定をした医師を見つけ出して、何か不正があったことを嗅《か》ぎ当てたのかもしれませんね。だから、彼は赤木健太の遺族に祝電を送りつけたり、赤いバラを庭先に投げ込んだんじゃないのかな。腹立たしくてね」

「仮に白石が精神鑑定に不正があったと知ったら、その程度では引き下がらないでしょ？」

「ま、そうでしょうね」

「白石はマスコミの力を借りてでも、精神鑑定の不正の事実を暴《あば》くと思うんだ。そうした気配はまったくうかがえないから、白石が不正の証拠を押さえた可能性はないんじゃないだろうか」

「そうなりますよね。それはそうと、わたしを殺人未遂で地検に送ってもらっても結構です。どうせわたしの人生は終わったんですから」

「自棄《やけ》になっちゃいけないな。生きてる限り、人間はいつでもやり直せます。あなたのことは傷害容疑で送致《そうち》するつもりです」

半沢は、庄司に温《あたた》かな眼差しを向けた。

4

軍歌が耳を撲《う》つ。大音量だった。右翼団体の街宣車《がいせんしゃ》がゆっくりと遠ざかっていった。

奈穂は眠気を殺《そ》がれてしまった。

ベッドの中で、上体を起こす。国立の実家である。きょうは休日だった。

奈穂は予《あらかじ》め警察学校の寮に外泊許可申請をして、前夜、実家に戻ってきたのだ。

庄司敦夫が逮捕されたのは、きのうの夕方である。

よく寝た。やはり、自分が生まれ育った家は落ち着く。

奈穂は伸びをしながら、ナイトテーブルの上の腕時計を見た。

午前十一時過ぎだった。奈穂はベッドから離れ、パジャマの上にウールガウンを羽《は》織《お》った。部屋を出て、手早く洗顔を済ませる。

自分の部屋は三階にある。奈穂は二階に降りた。

すると、母の美和がキッチンに立っていた。ダイニングテーブルには、塩鮭、鱈子《たらこ》、蒲鉾《かまぼこ》、切り干し大根とひじきの煮付け、佃煮《つくだに》、厚焼き玉子、納豆、海苔《のり》、黒豆などが並んでいた。

「母さん、そんなに食べられないわよ」

「少しずつ食べればいいじゃないの。それより、熟睡できた？」

「うん、たっぷり寝たわ。やっぱり、自分の家が一番寛《くつろ》げるね」

奈穂は言いながら、自分の定位置に腰かけた。母がご飯と味噌《みそ》汁を用意する。

「父さんは、いつものように午前六時には仕込みに取りかかったの？」

「ええ、そうよ。お父さん、仕事をしてるときが最も生き生きしてるの。洋菓子作りが大好きなのね」

「そうなんだろうな。それに、いくら味見をしても太らない体質だから、パティシエ向きなのよ」

「そうだね」

「いただきます」

奈穂は箸《はし》を取った。昔ながらの献立だが、どれもおいしい。ことに切り干し大根とひじきの煮付けは、長年馴染んだ味付けで食《しょく》が進んだ。

母は正面に坐って、緑茶を啜《すす》りはじめた。

「刑事実習、かなり辛いの？」

「ううん、全然。強行犯係のみんなによくしてもらってるから、毎日が充実してる。お茶汲《く》みやコピー取りばかりさせられるんだろうと思ってたけど、いきなり殺人事件の捜査研修をやらせてもらえて、ラッキーだわ」

「ほんとね。それで、赤木健太という男を殺した犯人の目星はついたの？」

「捜査に関することは家族にも喋ってはいけないのよ。だけど、こっそり話しちゃうわ。怪しい人物は二人いるんだけど、どちらも物証がないの。だから、もう少し事件解決までは時間がかかると思うわ。研修期間中に一件落着《らくちゃく》してくれるといいんだけど、世の中、そううまくはいかないでしょ？」

「そうね」

「この店を継げなくなって、父さんには申し訳ないと思ってるわ」

「そんなに気に病むことないわよ。どこの親でも、子供の好きなように生きてほしいと心の中では願ってるんだから」

「でも、父さんは『セボン』を一代で閉めなきゃならないんだから、本音では残念がってるんじゃない？」

「少しはそうでしょうね。だけど、子には子の人生があるんだから、無理に家業を継がせるのは親の身勝手でしょ？　たとえ創業百年以上の和菓子屋であっても、お父さんは子供の生き方を尊重してくれると思うわ」

「そういう父さんだから、余計に借りをこしらえてしまったような気分なのよ。こんなことになるんだったら、弟か妹を産んでもらえばよかったわ」

「子供は授《さず》かりものだから、それが理想的だと思っても、計画通りにいかないわよ」

「そうだよね」

「あっ、そうだわ。きのうの昼間、弟から電話があったのよ」

「緒方の叔父さんは元気なんでしょ？」

「ええ、弟は相変わらずだったわ。奈穂の研修のことが気になって、電話をくれたみたいなの」

「そう」

「研修先でいじめられてるようだったら、署長に抗議してやるとか言ってたわ。もちろんキャリアだからって、高圧的に出るつもりはないと言ってたけどね。でも、弟としては、たったひとりの姪《めい》っ子《こ》が自分と同じ職業を選んだことが嬉《うれ》しいみたいよ」

「そう」

「ただ、警察官を志望した動機がよくわからないんだと言ってたわ。奈穂、昔、教室で孤立してたことが志望の一因になってるの？」

「ううん、そういうわけじゃないわよ」

奈穂は努めて平静に答えた。失踪《しっそう》人の旧友を自分の手で見つけ出すまでは、そのことは親にも話す気はなかった。

「もしかしたら、ケーキ職人になったら、味見をしてるうちに太ると思った？」

「それも少しあるかな。わたしは母さんの体質に似たんで、ちょっと油断すると、体のあちこちに贅肉《ぜいにく》が付いちゃうから」

「その悩み、わたしもよくわかるわ。事実、奈穂が小さいころは売れ残ったケーキを処分するのがもったいなくて、食事代わりに食べてたの」

「わたしも、おやつに前日に作ったケーキをよく食べさせられたわよ」

「そうだったわね」

「二人とも太りやすい体質ってことよりも、糖分と脂肪分を摂《と》り過ぎだったんじゃない？」

「うん、多分ね」

母と娘は笑い合った。

そのとき、一階からホームテレフォンがかかってきた。客が訪れたようだ。母が急いで階下の店舗に降りていった。

奈穂は食事を済ませると、食器をざっと洗った。三階の自分の部屋で着替えをしているとき、神林から私物のスマートフォンに電話がかかってきた。

「そっちも、きょうは休みだよな。午後からデートしない？」

「わたしは忙しいの。実家の店番を手伝わなきゃならないのよ。それに……」

「なんだよ？」

「神林君と個人的につき合う気は、まったくないから」

「いまに、おまえはおれを好きになるさ」

「また、おまえって言った。もしかしたら、わたしに喧嘩《けんか》売ってるの？　あんまりうるさくつきまとうと、教官に密告《チク》っちゃうわよ」

「いいよ。おれは何があっても、口説きつづける」

「そんなことをしても無駄よ」

「えっ、好きな男がいるのか⁉」

「そうよ」

　奈穂は、とっさに話を合わせた。苦肉の策だった。

「どこのどいつなんだよ、そいつは？」

「神林君にいちいち報告しなければならない義務はないわ」

「その男とは、どの程度の関係なんだ？」

「とっても濃密な関係よ」

「ということは……」

「想像に任せるわ」

「まいったな。女って、わからねえね。まさか伊織にそんな男がいるとは思わなかったよ。そういう奴がいたんだったら、もっと早く言ってくれればいいのに。おれは、無駄弾《むだだま》撃たされたわけか」

「いい気味だわ。そういうことだから、もうおかしな電話はしてこないで」

「わかったよ」

神林が先に通話を打ち切った。

これで、しばらくは言い寄ってこないだろう。奈穂はスマートフォンを所定のポケットに収めた。

そのとき、なぜか急に研修先のことが気になった。奈穂は少し迷ってから、半沢係長のポリスモードを鳴らした。

電話は、ツーコールで繋がった。

「伊織です」

「おう！　久しぶりに寮で朝寝坊できたか？」

「昨夜は国立の実家に泊まったんです。それで、少し前に遅い朝食を済ませたところなんですよ」

「そうか」

「係長、庄司敦夫は傷害容疑で一両日中に地検送りになるんですね」

「いま送致の手続きをしてるところだ。早ければ、庄司の身柄《ガラ》はきょうの夕方には東京拘置所に移される」

「そうですか」

「そのほか何か動きはありました？」

「一人前の捜査員みたいだな」

「言い方が生意気でした？」

「いいさ、刑事になれるかもしれない娘《こ》なんだから。本庁の志賀警部たちが、ほんの数十分前に結城智史に別件で任意同行を求めた」

「えっ⁉　結城は何をしたんです？」

「半月以上も前に職場の同僚たちと金を賭《か》けてドボンをやってたんだ」

「ドボンって？」

「ブラックジャックというカードゲームの俗称だよ。本社の連中は勇み足を覚悟で、結城を引っ張ったんだろう。むろん、狙いは赤木健太殺しの一件さ」

「際《きわ》どい別件逮捕ですね」

「ああ。赤木が殺された日、結城に確たるアリバイがないというだけの切札しかないからな」

「そうですね。本庁の人たちは、なぜ、そんなに焦ったのでしょう？」

「所轄の刑事たちよりも、一歩リードしてると優位に立ちたかったとしか思えないな」

「結城が本件ではシロと判明したら、人権問題に発展しちゃうんではありませんか？」

「そういうことにはならないよう細心の注意を払うだろう。連中は、自分らの責任問題になるようなことは避けるに決まってるからな」

「係長、白石護の反応はどうなんです？　庄司敦夫が捕まったので、動揺しているんでしょうか」

「草刈と宇野が白石の動きを探ってるんだが、特に慌《あわ》ててる様子はうかがえないようだ。例の落書きの件で手錠を打たれることはないと考えてるんだろう」

「それだけでなく、きのうの傷害事件には自分は関与してないという思いもあるんじゃないのかしら？」

「多分、そうなんだろうな。それから、赤木殺しにも関わってないという気持ちがあるから、いつも通りに自転車のパンクの修理をしてるのかもしれない」

「そうなんでしょうか」

「とにかく、きょうはゆっくり骨休めをしてくれ」

半沢が電話を切った。

奈穂は一階の店に降り、母と一緒に店番に立った。店のショーケースの中には、各種のケーキが並んでいた。オリジナルクッキーもワゴンに載《の》っている。

商品は、どれも父の利晴が丹精を込めて焼き上げたものだ。以前はケーキ職人を雇っていたのだが、いまは父がのんびりと商売をしている。

作業場から緑色のクッキングウェアをまとった父が出てきたのは、午後一時過ぎだった。全身からバニラエッセンスの甘い香りが漂ってくる。

「母さん、先に昼食を摂《と》ってこいよ」

父が母に言った。

「わたしは後でいいわ。あなたは朝が早いんだから、お先にどうぞ！」

「鈍《にぶ》いな、母さんは。久しぶりに奈穂と二人でお喋りしたいんだよ」

「あら、そうだったの。わたしは邪魔なのね。いいわよ、退散してあげる」

母が笑顔で言い、二階に上がっていった。個人商店はどこもそうだろうが、店の定休日以外は家族が揃《そろ》って食事を摂ることはできない。

「売上は横這《ば》い状態みたいね？」

「そうだな。しかし、母さんと喰《く》っていけるだけの利益はある。和菓子なんかよりも商品単価が高いから、個数がそれほど出なくてもそこそこの儲けはあるんだよ。もっとも店舗を借りてるんだったら、経費がかかるから、夫婦で食べるのがやっとかもしれないがな」

「警察学校を卒業して拝命されたら、わたし、幾らか援助するわよ」

「そんなこと心配するな。それより、やっていけそうか？」

「挫《くじ》けそうになっても、負けないわ。跡継ぎの話を蹴って、自分の夢を追っかけさせてもらってるわけだから」

「そんなふうに肩に力を入れ過ぎると、いまに息切れするぞ。もっとリラックスして生きろよ。どんな仕事についても、いつも順調ってわけにはいかない。必ずスランプに陥るときがある」

「そうだろうね」

「だけど、焦らず諦めずに前に進む気持ちさえあれば、少しずつでも向上できるもんだよ。それからな、月並なアドバイスだが、いつも謙虚《けんきょ》さを忘れないことだな」

「うん」

「若いときは父さんもそうだったが、自分ひとりの力で生きてるような気でいたが、人は誰も周囲の者に支《ささ》えられて生かされてるんだ。家族、友人、職場の上司や同僚といった人たちにね」

「実際、その通りなんだと思うわ」

「他者と接するときは、いかなる先入観も棄《す》てるべきだな。相手の最終学歴、収入、社会的地位なんてものに惑《まど》わされることなく、まっさらな気持ちで接することが大事なんだ」

「そうだね」

「奈穂は子供のころから正義感が強かったが、一つの物差しだけでは単純に人間は測《はか》れない。どんな人間も、善と悪を併《あわ》せ持ってるからな」

「なんか似てる」

「え？」

「指導係の半沢係長がね、父さんと同じようなことを言ったのよ」

「そうなのか」

「係長、人間は五十歩百歩なんだから、正義の使者ぶるなって遠回しに教えてくれたの」

「その指導係は、人間の本質がわかってるんだろう」

「そうみたいね。職人気質の人情刑事って感じで、ちょっと味があるの。どん引《び》きしそうな親父ギャグを飛ばさなきゃ、もっと高い点数をつけてあげるんだけど」

「生意気言ってやがる」

「えへへ」

　奈穂は笑って、舌を長く伸ばした。

　父が微苦笑《びくしょう》し、作業場に戻っていった。それから間もなく、たてつづけに客が二組やってきた。

　奈穂は笑顔で接客した。その気配を察した母が売場に戻ってきた。父が入れ代わりに二階に上がった。

「販売は母さんに任せて、わたしは店の前の花壇の手入れをするよ」

「そんなことしなくてもいいから、自分の部屋でＣＤでものんびり聴《き》いてなさい」

「でも、ちょっと伸びた雑草が気になってたんで……」

奈穂は店の外に出て、赤レンガで囲われた花壇の中の雑草を毟《むし》り、枯れて落ちた葉を拾い集めた。

春の花々に水を撒《ま》いていると、東都日報多摩支局の下条記者に肩を叩かれた。

「府中の警察学校に行ったら、きょうは休日で国立の実家に戻ってると聞いたものだから、こちらに伺《うかが》ったんだ」

「わたしに何か？」

「取材に協力してほしいんですよ」

「え？」

「多摩版のコラムなんだが、職業実習を受けてる若い男女を六人ずつ取り上げることになったんだよ。それで、伊織さんには刑事実習を受けてる女性警官の卵ってことで、紹介させてほしいんだ」

「でも、わたしたちは民間人ではありませんから……」

「本名や研修先をストレートに紹介はできないよね。それだから、公務員の場合は仮名を使うことになったんだ」

「それでも、警察学校の許可をいただかないと。わたしの一存で取材を受けるわけにはいきません」

「府中の学校と研修先の小杉課長の許可は取ってあるんだ。どちらも研修生の本名や署名を伏せれば、別に問題はないということだったよ」

「それでしたら、協力は惜《お》しみません」

「少し先にコーヒーショップがあるんで、そこで取材させてほしいんだ」

「はい」

二人は肩を並べて歩き、五、六十メートル先にある喫茶店に入った。奈穂が幼稚園児のころにオープンした店だ。店主は元声優である。

奈穂たちは店の奥まった席につき、どちらもブレンドコーヒーを注文した。ウェイトレスは初めて見る顔だった。学生アルバイトなのかもしれない。

下条は卓上にＩＣレコーダーを置くと、刑事研修について取材を開始した。奈穂は差し障《さわ》りのない事柄は、問われるままに答えた。

ひと通り取材が終わると、下条はＩＣレコーダーの停止ボタンを押した。

「連載コラムの掲載月日がまだ未定なんだが、企画がポシャることはないからね」

「なんだか恥ずかしいな」

「でも、記事に本名とか顔写真が出るわけじゃないから、別にどうってことはないでしょ？」

「ええ、まあ」

「それよりも、本社の社会部デスクの話によると、白石護は横関隆臣氏の動きを調査会社に探らせてるらしいんだ」

「そうなんですか」

「白石護が例の不穏なグループに関与してるかどうかはわからないが、彼は横関弁護士が赤木健太の精神鑑定をした医師に何か頼んだと疑ってるのかもしれないな」

「つまり、精神鑑定には何か不正があったかもしれないということですね？」

奈穂は確かめた。

「おそらく白石護は、そう推測したんだろう」

「だとしたら、白石は謎のグループと関わりがありそうですね」

「そうなんだろうな。そして、白石護は精神鑑定が真っ当なものじゃないことを知って、赤木健太を赦せない気持ちになったのかもしれない」

「横関弁護士と精神科医が共謀して、赤木健太の精神鑑定を故意に変えたんだとしたら、白石は、その二人も断罪する気になるんじゃないのかしら？」

「考えられないことじゃないね。いずれ白石は時期を見て、弁護士と精神科医も追い込む気でいるんではないだろうか。それはそれとして、半沢係長は白石や結城のほかに、第三の容疑者の割り出しを終えたのかな？」

「それは、まだのようです」

「そう」

下条が短い返事をして、コーヒーをブラックで飲んだ。なぜか、安堵《あんど》したような表情だった。

彼は、赤木の事件に妙に関心を持っている感じだ。それは新聞記者としての職業的な興味なのだろうか。それとも何か個人的な理由で、捜査状況が気になるのか。下条がわたしの実家まで訪ねてきたことを半沢係長の耳に入れておいたほうがいいのかもしれない。

奈穂はそう考えながら、水の入ったコップを掴み上げた。

第五章　真犯人の画策《かくさく》

1

目の前で何かが動いた。

それは妻の手だった。半沢は寛子の顔を見た。

「何なんだ？」

「あなた、まるで魂《たましい》を抜かれたような顔でハムエッグを食べてたわよ」

「ちょっと考えごとをしてたんだ」

「ほんとに？　きのうは研修生の女の子、休みだったんでしょ？」

「ああ」

「それで、なんか張りを失っちゃった？　張りというよりも、研修生と会えなかったんで、なんか失恋したような気分なんじゃないの」

「くだらん冗談はよせ。研修生は、望よりも年下なんだぞ」

半沢は、左隣でベーグルサンドを頬張っている次男に目を当てた。

「おふくろ、いいじゃないか。おじさんたちが若い女の子たちにプラトニックな恋愛感情を寄せるぐらいは大目に見てやれよ」

「おい、何を言ってるんだ。おれは研修生の女の子に特別な感情なんて持ってないぞ」

「持ってもいいんだよ、精神愛ならさ。それで日々の生活が愉《たの》しくなるんだったら、結構な話じゃないか」

「わたしは不愉快だわ。たとえプラトニックな感情でも、夫が妻以外の女性に目を向けるなんて、なんか厭《いや》なの」

「おふくろも、スーパーかどこかの若い男に片想いすればいいんだよ」

「そんなのは、なんか惨《みじ》めっぽいわ。どうせなら、同世代の素敵な男性とプラトニックラブを愉しむとか……」

「それでもいいんだよ。結婚生活が長くなると、どうしても倦怠期《けんたいき》は避けられないと思うんだ。夫婦がそれぞれ別の相手に憧《あこが》れることによって、リフレッシュできれば、儲《もう》けものじゃないか」

「こっちは、難航してる捜査のことを考えてただけだ。話を妙な方向に発展させないでくれ」

「そうだったのか。親父、ごめん！」

望が素直に詫《わ》びた。

「あなた、今度の事件はそんなに複雑なんですか？」

「ある意味では、そう言えるな。容疑者が二人いるんだが、どちらも決め手となる物証がないいんだよ。もしかしたら、第三の容疑者がいるのかもしれない。それに事件は、別の犯罪と連鎖してるとも考えられなくもないいんだ」

「本庁の方たちは、どう見てるの？」

「二人の容疑者のうちのひとりをきのう別件で引っ張ったから、その人物を重要参考人と見てるんだろう。しかし、おれはそいつはシロと思ってる」

「ということは、もうひとりのほうが怪しいと思ってるわけ？」

「少しはね。しかし、その男も心証《しんしょう》としてはシロなんだよな」

「それじゃ、赤木健太という若い男を殺したのは、第三の容疑者なのかもしれないのね？」

「その可能性はあると思うんだが、そいつの顔が透《す》けてこないんだよ。だから、頭を悩ませてるんだ」

「そうだったの。てっきりピチピチの研修生に密《ひそ》かに胸をときめかせてると思ってたんだけど」

「五十過ぎの男にそんなエネルギーはないよ」

半沢はダイニングテーブルから離れ、手早く身支度《みじたく》をした。それから間もなく自宅を出て、最寄《もよ》り駅に向かった。

職場に着いたのは午前九時過ぎだった。研修生の奈穂は、強行犯係のデスクに雑巾《ぞうきん》をかけていた。

「のんびり休んだか？」

「はい、おかげさまで。あのう、ちょっと半沢係長の耳に入れておいたほうがいいと思うのですが、きのうの午後、東都日報の下条さんがわたしの自宅にやってきたんですよ」

「自宅に⁉　どういうことなんだ？」

半沢は小首を傾《かし》げた。奈穂が下条の来訪目的を語った。

「連載コラムの取材か」

「ええ。なんか取材の申し込みが唐突《とうとつ》だったんで、びっくりしました。それから、少し下条さんの行動にある種の不自然さも感じました」

「不自然さ？」

「はい。例の気になるグループのことを下条さんはわたしにこっそり教えてくれましたし、きのうはきのうで、捜査がどこまで進んでるか探《さぐ》りを入れにきたような感じだったんです」

「彼はいまは支局次長だから、あらゆる記事を担当してるが、もともとは本社社会部の記者だからね。当然、赤木の事件には関心があるんだろう」

「それはそれとして、例の謎の組織が実在してたら、大変なスクープ種《だね》ですよね？」

「そうだな」

「半沢係長には何かと世話になったからと言っていましたが、それだけの理由で社会部のデスクからもたらされた大きな情報を警察に漏《も》らすでしょうか？」

「その点については、おれもずっと腑《ふ》に落ちなかったんだ。しかも彼は、そのスクープ種をおれに直《じか》に伝えようとはしなかった」

「ええ、そうですね。研修生のわたしにわざわざリークしたのは、半沢係長と直接、話をすることに何かためらいがあったからなんじゃないですか」

　奈穂が言った。

「ためらいがあった？」

「ええ。知り合って間もない研修生なら、自分の疚《やま》しさを感じ取りにくいのではないか。下条さんは、そう思ったのかもしれませんよ。それで、意図的にわたしに接近してきたんじゃないのかな。半沢係長と面と向かってたら、なんかボロが出そうで不安だったのでしょうか」

「下条君は何か理由があって、捜査を混乱させたかったのかな」

半沢は少し考えてから、そう言った。奈穂の推測には、それなりの説得力があった。

また、結城がネットカフェには行ったことがないという供述にも引っかかった。下条は作為的《さくいてき》に偽情報を流したのだろうか。

「たとえば、どんな理由が考えられます？」

「下条君は捜査を混乱させる情報を警察に流して、その隙《すき》に自分で赤木殺しの犯人を突きとめようとしてるのかもしれないな。仮に下条君が警察よりも先に手柄を立てれば、本社社会部に復帰できることはほぼ間違いないだろう」

「そうだったとしたら、『飲酒運転事故被害者の会』の元会員たちが危ない組織を結成し、刑事罰を免れた加害者たちを次々に個人的に裁《さば》くという内容の殺人予告メールを本庁に送りつけたという情報も作り話だったということになりそうですね」

「ああ。赤木健太が死んでから本庁に殺人予告メールがネットカフェから送りつけられたことは事実だが、処刑対象は具体的に記《しる》されてなかったし、その後、誰かが個人的に裁かれてもいない」

「ええ。しかし、謎の組織なんか実在しないとはまだ言い切れないんですよね。白石護が過激な発言をして、十二人の元会員を煽《あお》った気配はうかがえるわけですので。現に白石は庄司敦夫と衣笠宅の石塀《いしべい》にカラースプレーで落書きしました」

「そうだな。そして、庄司は息子に大怪我させた衣笠大樹の鎖骨《さこつ》をゴルフクラブで砕《くだ》いて、歯も破損させた」

「ええ。そういうことを考えると、下条さんが教えてくれた不穏《ふおん》な集団は実在すると も思えるんですよね」

「そうだな。下条君の真意は、おれがさりげなく探ってみよう」

半沢はコートを脱いで、自分の席についた。ゆったりと紫煙をくゆらせていると、小杉課長から声がかかった。

「半沢警部補、ちょっといいかな?」

「いま、行きます」

半沢は煙草《たばこ》の火を揉《も》み消し、刑事課長の席に急いだ。

「庄司敦夫を送致《そうち》できたのは強行犯係のおかげだ。ご苦労さんでした」

「本件絡《がら》みの可能性もあるかもしれないと思ってたんですが、そっちは期待が外れてしまったようで……」

「まだわかりませんよ。白石護が後ろで糸を引いてた疑いも完全に消えたわけじゃないんでね。それで白石が十二人の元会員と結託して謎の組織を結成し、赤木健太を始末したかもしれないんだ。もうしばらく白石をマークしてくれないか」

「わかりました」

「庄司の取り調べの件では、本庁の旦那《だんな》方にさんざん厭味《いやみ》を言われました。でも、ちよっぴり嬉《うれ》しかったな」

「嬉しかった？」

「そう。本庁の志賀警部の話によると、半沢警部補はわたしのことを庇《かば》ってくれたらしいですね。それほど器《うつわ》の小さな人間じゃないとか何とか……」

「別に課長を庇ったつもりはありません。事実を言っただけですよ」

「わたしは基本的には本社の人間には逆《さか》らわない主義だったんだ。彼らに睨《にら》まれて、いいことなんかないですからね。しかし、本事案《ほんじあん》の捜査本部が設置されて以来、捜一《そういち》の連中の態度があまりにもでかいので、苦々しく思ってたんですよ」

「そうですか」

「志賀警部もそうだが、月岡警部補は明らかに所轄署の人間を軽く見てる。それが腹立たしくてね。確かに本庁の捜査員はエリートかもしれない。だからといって、その分だけ捜査能力があるというわけじゃないでしょ？」

「ええ、その通りですね」

「それなのに、連中は支社の人間を自分らの駒と思ってるような節《ふし》がある。そうした思い上がりは赦《ゆる》せない。だから、庄司敦夫の取り調べの引き継《つ》ぎは断ったんです」

「志賀警部があのまま引き退《さ》がったとは思えないな」

「彼は鳩山署長に抗議したそうですよ。しかし、署長は志賀警部の要求を突っ撥《ぱ》ねてくれたんだ」

「そうだったんですか。署長は、筋《すじ》の通らない話には絶対に屈《くっ》しない方だから」

「うちの署長はキャリアながら、一本筋の通ったサムライです。尊敬できる人物ですよ。わたしがこんなことを言うと、なんかおべんちゃらに聞こえるだろうがね」

「そんなことはありませんよ。それよりも、捜一の旦那方は別件でしょっ引いた結城智史をだいぶ揺さぶったんでしょ？」

「赤木健太を殺害したんじゃないのかとストレートに迫ったようだ」

「で、結城の反応は？」

「終始、犯行は否認しつづけてるらしい。ただ、姿子と不倫関係にあったことは認めたそうですがね。そのことで、姿子が夫に離縁されることを心配してるようだ。そして、姿子が赤木家から追い出されたら、結城は自分が彼女の面倒を見るつもりだと言ってるらしい」

「そう」

「本社の連中は期限ぎりぎりまで結城を勾留《こうりゅう》する気でいたんだろうが、それは無理でしょう。結城は一両日中に釈放《パイ》になるだろうね」

小杉が言って、茶を飲んだ。

半沢は軽く頭を下げ、自席に戻った。草刈が衣笠大樹の入院先に立ち寄ってから職場に現われたのは、午前十時半過ぎだった。

「衣笠の怪我の回復は？」

　半沢は訊《き》いた。

「順調なようです。一週間程度で退院できるでしょう」

「八王子総合医療センターの周辺に不審な人影は？」

「いまのところ、そういう人影はありません。ですが、一応、堀切さんと村尾君が衣笠の病室の近くで張り込んでます」

「そうか」

「親方、庄司敦夫の引き起こした犯罪《ヤマ》に白石護は絡んでないようです。単独で加害者は息子の仕返しをしたんだと思います。白石が事前に相談されてたら、きっと庄司に同行したにちがいありませんよ。白石は割に侠気《おとこぎ》がありますんで」

「白石の自宅には、今井と森を早朝から張りつかせてあるんだ。何か動きがあれば、すぐ連絡があるだろう」

「そうですね」

　草刈が自分の席に坐り、奈穂に顔を向けた。

「たった一日見なかっただけなんだが、なんか急に大人っぽくなったな」

「前髪をいつもよりも斜めに流してるから、ちょっぴり大人っぽく見えるのかしら？」

「さあ、どうなのかな。とにかく、小娘って印象は消えたよ。ただ、色気は足りないな」

「余計なお世話です」

奈穂が笑顔で言い返した。

半沢は笑いを堪えて、ごく自然に刑事部屋を出た。階段の昇降口の近くにたたずみ、東都日報多摩支局に電話をする。

受話器を取ったのは支局長の前島厳夫《まえじまいわお》だった。ちょうど五十歳で、性格は明るい。

「町田署の半沢です」

「あっ、どうもお久しぶりです。お元気でしょうか？」

「なんとかやってますよ。そちらは、どうです？」

「去年の秋から持病の痛風《つうふう》がひどくなったんで、大好きな酒を少し控えてるんです。酒の量が減った分だけ読書量は増えましたが、やっぱり酒場でばか話をしてるほうが楽しいですね」

「そうだろうな」

「それで、ご用件は？」

「町田署《うち》で刑事実習を受けてる女の子がきのうの午後、下条君の取材を受けたらしいんです」

「なんの取材なんだろう？」

「多摩版に連載予定のコラムの取材みたいですよ。さまざまな職業実習を受けてる若い男女六人の奮闘ぶりを紹介するとかで……」

「そんな企画があることは、下条からまったく聞いてませんね」

「えっ⁉　それじゃ、下条君はいい加減な話で釣って、うちの研修生から取材したんでしょうか？」

「ちょっと待ってください。その連載コラムの話がでたらめだというんじゃないんですよ。ただ、わたし自身は知らなかったんです。コラムの企画は、下条に一任してあるんですよ。一応、本社の編集局にお伺《うかが》いをたててるんですが、それは形式的なものに過ぎません。少なくとも、これまでは下条が企画立案したシリーズものが没にされたことはないんです」

「ということは、下条君はあなたに報告する前に先に取材に取りかかったんでしょうね」

「多分、そうなんだと思います」

「そうだったのかもしれないな。ところで、下条君は先日、金森で発生した殺人事件の取材を担当してます？　赤木健太というフリーターが歩道橋の階段から突き落とされた事件ですが」

「その事件は、東京本社社会部の連中が取材に当たってます。下条は社会部の依頼で一度、町田署に追加取材にお邪魔しただけで、その前後はタッチしてないはずです」

「そうなんですか」

「ただ、下条は個人的に赤木健太に関心を持ってるようです。そう言えるのは、多摩中央署に通って、赤木が三年近く前に引き起こした飲酒運転による人身事故の調書を見せてもらってたからです」

「なぜ下条君は、その事件に興味を持ったんだろうか。彼の身内に酔っ払いドライバーに轢《ひ》かれた者がいるんですかね」

「そういう被害者は、ひとりもいないと思います。下条は赤木健太個人に関心があるのではなく、精神鑑定そのものに興味があるのかもしれません」

「何かそれを裏付けることがあるんですか？」

半沢は問いかけた。

「精神鑑定の専門書を何冊も読み漁《あさ》ってましたし、心神耗弱《しんしんこうじゃく》や心神喪失《そうしつ》とされて刑事罰を軽減されたり、免れた加害者たちの警察調書、検察調書、公判記録の控えを揃《そろ》え、熱心に目を通してたんですよ」

「そうなんですか。もしかしたら、身内以外の親しい人が飲酒運転の犠牲になったことがあるんじゃないのかな」

「そうなんですかね」

「妙なことを訊きますが、そちらの支局に白石護という人物が訪ねてきたことは？」

「ないと思います」

「下条君の知人に白石姓の者は？」

「白石という知り合いがいるという話は、下条から一度も聞いたことありませんね」

「そうですか」

「とにかく、後で下条本人に半沢さんに電話させましょう」

「その必要はありません。取材の件は、さっき前島支局長が言ってたように企画の報告前にスタートさせたんでしょう。こちらは、それでもう納得しましたんで。どうもお騒がせして、すみませんでした」

「いいえ、こちらこそ」

前島が先に電話を切った。

半沢はポリスモードを上着の内ポケットに戻した。刑事課に戻り、自席につく。

机上の固定電話が鳴ったのは、およそ十五分後だった。半沢は反射的に受話器を耳に当てた。

「東都日報の下条です。少し前に支局長から電話があって、半沢さんから問い合わせがあったと聞きました。前島が言った通りなんですよ。いままで連載コラムの企画が没にされたことがないので、支局長に報告するのがつい後回しになっちゃったんです」

「そうだったのか。それなら、別にどうってことはないんだ。うちの研修生は頑張り屋だから、記事ではそのあたりのことを強調してやってよ」

「わかりました」

「話は違うが、下条君は精神鑑定にすごく興味があるようだね」

「えっ⁉」

「親しい友人か誰かが飲酒運転で轢き殺されたのかな」

「別にそういうわけじゃないんですが、正気と狂気のボーダーラインの決め方そのものに関心があるんですよ。裁判官や精神科医はノーマルとアブノーマルの線引きをしてますけど、その判断や鑑定に過《あやま》ちや不正はないのかと常々、危惧《きぐ》を抱いてたんです。そんなことで、ある時期、関係書物を集めたことがあるんです。それだけのことで、特に深い意味なんかないんですよ」

「そう」

半沢は平静な声で応じ、受話器をフックに返した。

下条の声は明らかに上擦《うわず》っていた。狼狽《ろうばい》の気配がありありと伝わってきた。

彼は何かで後ろめたさを感じているにちがいない。半沢は確信を深めた。

2

マーク中の白石護が改札を抜けた。

京王多摩センター駅である。奈穂は、かたわらの半沢を見た。急げと目顔《めがお》で告げていた。

二人は改札口を抜けて、新宿方面のホームに出た。

紺系のスーツ姿の白石はグレイのコートを重ね、ホームのほぼ中央に立っている。一見、サラリーマン風だ。

「対象は都心に出かけるようだな」

半沢が低く言った。

「行き先に見当はつきます？」

「『飲酒運転事故被害者の会』の元メンバーたちとどこかで会うことになってるのかもしれないな。あるいは、横関隆臣弁護士の事務所に行くのか」

「どうしてそう思われるんですか？」

奈穂は問いかけた。

「白石を張り込む前に署で確認したんだが、衣笠大樹が庄司順に大怪我させた事件の加害者側の弁護人は横関だったんだ」

「確か殺された赤木健太の三年前の人身事故のときも、横関が加害者の弁護を引き受けたんでしたよね？」

「そう。それだけなら、単なる偶然だったとも考えられる。だが、赤木健太も衣笠大樹も精神鑑定で、刑事罰を免れてる」

「白石護はその事実を知って、横関弁護士に親しい精神科医がいるかどうか密かに調べてたんじゃないでしょうか？」

「いい勘してるな。こっちもそう睨んだんで、うちのメンバーに横関弁護士の交友関係や親類の職業を調べさせたんだ。その結果、帝都医大病院の精神科医長を務《つと》めてる菅沼学が横関の母方の従兄《いとこ》だとわかった」

「それじゃ、横関弁護士が従兄の菅沼に泣きついて赤木と衣笠を心神耗弱者と心神喪失者に仕立ててもらった疑いはありますね？」

「考えられるな。赤木と衣笠も充分に責任能力があったのに、犯行時の精神は正常状態じゃなかったと鑑定した疑いが濃いんだ」

「そうなんですか」

「精神科医の菅沼は、あるベンチャー企業に巨額を投資して大損してるんだよ」

「それは、いつのことなんです？」

「およそ四年前だ。損失総額は三十億円近い。菅沼の父親は貿易商で大成功して、それぞれ三人の子に十億以上の遺産を遺《のこ》したんだよ。長男である菅沼は親の家も相続したんで、遺産の大半を投資に注ぎ込んだんだ。株と外国債をうまく運用して、一時は六十億円の含み益を得たらしい」

「大変な額ですね」

「ああ。われわれには天文学的な数字だよな。それはともかく、そんなことがあったんで、精神科医はますますマネーゲームにのめり込んでしまったらしい」

「そうなんですか」

「IT関連株でさらに儲けたこともあって、菅沼は危険なヘッジファンドや先物取引にも手を出したんだ。しかし、それが没落のはじまりだった。投資はことごとく失敗し、菅沼は自己破産寸前まで追い込まれた。親から譲り受けた目黒区青葉台の豪邸も競売にかけられそうになったんだ。ところが、赤木健太の精神鑑定が終わって間もなく、菅沼の自宅の抵当権はきれいになってる」

「赤木健太の父親が巨額の謝礼を菅沼に払ったんではありませんか？」

「多分、そうなんだろうな。従弟の横関弁護士は有力な司法関係者を抱き込んで、裁判所に菅沼学に被告の精神鑑定をさせてくれと強く働きかけた疑いはあるね」

「そうだったとしたら、当然、赤木俊男は横関弁護士にも巨額の口利き料を払ってるんでしょうね？」

「それは間違いないだろう」

会話が途切《とぎ》れた。

ちょうどそのとき、電車がホームに滑《すべ》り込んできた。白石が車内に乗り込む。

午後二時過ぎだった。車内は割に空いていた。白石と同じ車輛《しゃりょう》に入るのは大胆すぎるだろう。奈穂たち二人は、隣の車輛に乗った。

私鉄電車が動きはじめた。

奈穂は中吊り広告を眺める振りをしながら、シートに腰かけた白石に視線を向けつづけた。白石は瞼《まぶた》を閉じ、何か考えている様子だった。

「特に根拠はないんだが、白石は都心の新聞社かテレビ局を訪ねる気なのかもしれないな。いま、ふと思ったんだ」

半沢係長が言った。

「マスコミの力を借りて、仕組まれた精神鑑定を告発する気なんじゃないかという読み筋なんですね？」

「そうだ。横関弁護士や精神科医の菅沼に詰め寄ったところで、二人が不正をすんなり認めるとは思えない」

「ええ、そうでしょうね。それどころか、逆に白石護は名誉毀損《きそん》で横関たちに訴えられることになるかもしれません」

「そうだね」

「きっと指導係の勘は正しいですよ」

奈穂は口を結んだ。

やがて、電車は京王新宿駅に着いた。下車した白石は、新宿西口のホテル街に向かった。

奈穂たちは細心の注意を払いながら、白石を尾行した。

白石は五、六分歩き、有名なシティホテルの一階のティールームに入った。フロントの斜め前にあるティールームは総ガラス張りになっていた。

白石は店内に入り、四十歳前後の男の待つテーブルに近づいた。相手はやや髪が長く、タートルネックセーターの上にカジュアルなジャケットを重ねている。

自由業っぽい身なりだ。奈穂は、そう感じた。

「おれが店の中に入るより、きみが白石たちの席に近づくほうがいいだろう」

「わたしが、白石が会ってる相手が何者か探るんですか⁉」

「やってくれるな」

「わたし、自信ありません。白石護はわたしの顔を憶《おぼ》えてるでしょうし、対象者に接近する訓練も受けてませんので」

「白石は相手と話に熱中してて、周《まわ》りにはさほど注意を払ってないだろう。彼と背中合わせに坐って、二人の遣《や》り取《と》りに耳を傾けるだけでいいんだよ。きみなら、できるさ」

「そうでしょうか」

「おれはロビーで待ってる」

半沢がそう言い、少し離れたソファに腰かけた。

こうなったら、やるしかない。奈穂は深呼吸して、ティールームに足を踏み入れた。白石たちのいるテーブルの真後ろの席が空いていた。

奈穂は大きく回り込んで、白石と背中合わせに坐った。ウェイターにミルクティーを注文して、耳をそばだてる。

「フリージャーナリストの深谷《ふかや》さんにとっては、このスクープは飛躍のチャンスになると思いますよ」

「ええ、それはその通りだと思います。しかし、白石さんからうかがった話は推測ばかりで、これといった物証は摑んでません」

「確かに虚偽鑑定を裏付ける物的証拠は手に入れてません。しかし、状況証拠から横関と菅沼がつるんで、赤木健太と衣笠大樹の刑事罰を免れさせたことは間違いないでしょう。おそらく虚偽鑑定で服役を免れた犯罪加害者は、赤木たちのほかに何人、いや、何十人もいるかもしれないんです」

「ええ、それは考えられそうですね。しかし、こちらは一介のフリーライターなんです。新聞社やテレビ局並の取材力があるわけじゃないんです。高名な弁護士と帝都医大病院の精神科医長の不正の証拠を押さえることは無理ですよ」

「赤木俊男か、衣笠総司を揺さぶってみたら？　ポケットにＩＣレコーダーを忍ばせてね。それで、二人にすでに証拠を握ってるようなことを言ってやるんですよ。そうした揺さぶりをかければ、どちらも観念して自分らの息子の精神鑑定がいんちきだったことを白状すると思うがな」

「そう簡単にはいかないでしょ？　第一、その二人がフリージャーナリストのわたしに会ってくれるかどうか。こちらは、なんの看板もないんですから」

「だったら、入院中の衣笠大樹を締め上げてみてくださいよ。砕けた鎖骨を強く押したら、奴は父親が横関や菅沼に頼んだことを吐くと思います。あるいは、赤木健太の継母《けいぼ》を脅す手もあるな」

「彼女には、何か弱みでもあるんですか？」

深谷と呼ばれたフリージャーナリストが訊いた。

「ええ、あります。赤木姿子は、結城智史という元自衛官と不倫関係にあったんです。そのことを旦那に教えると言えば、姿子は夫が息子の精神鑑定で心神喪失にしてくれと頼んだことを白状するでしょう」

「話に出てきた結城という男は、あなたの弟さんと一緒に赤木健太の車で轢き殺された結城克則さんの弟ですね？」

「ええ、そうです。結城智史は最初、わたしと一緒に赤木健太に仕返しする気でいたんですよ。しかし、彼は姿子の色香《いろか》に惑《まど》わされて復讐《ふくしゅう》心を棄《す》ててしまったんです。わたしに言わせれば、結城は裏切り者です。だから、彼が夢中になった姿子がどうなっても、わたしの知ったことではない」

「しかし……」

二人の話が中断した。そのとき、奈穂のテーブルにミルクティーが届けられた。

「先に衣笠大樹の口を割らせるべきだろうな。奴の証言音声さえあれば、横関や菅沼を追い込むことはたやすいはずですよ」

「そうかもしれませんが、しくじったら、わたしのライター生命は終わりです」

「あんた、ビビってるんだな。それでもジャーナリストなのかっ。社会の不正と闘うのが記者の務めなんじゃないのか？」

「それは理想論ですよ。フリーの記者でも、書いてはいけないタブーがいろいろあるんです。一匹狼のわれわれは、きわめて立場が弱いんですよ。社会的に力のある弁護士や精神科医にうっかり嚙《か》みついたら、破滅しかねません。せめて物証が一つでもあ

れば ね」

「腰抜けだな、あんたは」

　白石がストレートに軽蔑《けいべつ》した。

「そこまで言うことはないでしょ」

「悔《くや》しかったら、体を張って横関や菅沼を告発してみろ。意気地なしが！」

「な、なんだと⁉　そこまで言うんだったら、自分で不正な精神鑑定を暴《あば》いてみろよ。あんた、表に出られない理由があるんじゃないのか」

「どういう意味なんだ？」

「白石さん、あんたが赤木健太を歩道橋の階段から突き落としたんじゃないの？」

「言うに事欠《か》いて、なんてことを言い出すんだっ。赤木健太のことは殺してやりたいぐらい憎んでたよ。だが、わたしは奴を殺してなんかいない。殺すだけの価値もない奴だったからな」

「事件当日のアリバイは？」

「もちろん、あるさ。わたしは赤木の死亡推定時刻には、お客さんのとこにスクーターを配達に行ったんだ。あいにくそのお宅が留守だったし、近所の者にも会わなかったんで、警察は少しわたしを疑ってるようだが、断じてわたしは無実だっ」

「アリバイが成立してないんだったら、まだ完全にシロとは言えないでしょ？」

深谷が挑発するように言った。

「きさま、わたしを侮辱する気なのかっ。無礼な奴だな」

「こっちは共通の知り合いの紹介なんで、一応、白石さんと会ってみる気になったんだ。感謝されると思ってたのに、腰抜け扱いされたんじゃ、協力できないな」

「わかったよ。帰ってもらって結構だ」

「それじゃ、車代を五万円ほど出してもらおうか」

「車代だと⁉」

「そうだ。こっちは貴重な時間を潰《つぶ》されたんだ。五万円ぐらいの迷惑料を出すのは常識じゃないか」

「コーヒー代は払ってやる。それ以外は、一円も出す気はない」

「せめて交通費ぐらい払ってくれよ。フリーライターは、たいがい貧乏してるんだ。わたしも例外じゃないんだよ。三万円でもいい」

「今度は泣き落としか。早く消えてくれ」

白石が怒鳴《どな》り、腕を組んだ。

深谷が憮然《ぶぜん》とした顔で立ち上がり、ティールームから出ていった。奈穂も立ち上がり、さりげなく店を出た。

ロビーに行くと、半沢がソファから腰を浮かせた。奈穂はフリージャーナリストの深谷のことを手短に話した。もちろん、白石との遣り取りも伝えた。

「白石護が喋《しゃべ》ってたことは、単なる中傷じゃないだろう。これまでの経過から察して、横関弁護士と精神科医の菅沼が共謀して、精神鑑定で不正をやったことは間違いないだろうね」

半沢が言った。

「しかし、立件できるだけの材料はありません」

「ああ、残念ながらな」

「でも、そのうちきっと……」

奈穂はティールームに目をやった。

白石が伝票を手に取って、レジに向かったからだ。奈穂たちは物陰に隠れた。

ロビーに姿を見せた白石は、ホテルの表玄関の前でタクシーに乗った。奈穂たち二人もタクシーに乗り込み、白石を乗せた車を追尾《ついび》してもらった。

マークした車が停まったのは、赤坂四丁目にあるモダンな造りのテナントビルだった。白石はタクシーを降りると、そのままビルのエレベーターホールに向かった。

奈穂たちもタクシーを降りた。

テナントプレートを見ると、七階に横関隆臣法律事務所があった。どうやら白石は、直《じか》に横関弁護士を揺さぶってみる気になったらしい。

「通行人を装いながら、白石が外に出てくるのを待とう」

半沢が小声で言い、ゆっくりと舗道を歩きはじめた。奈穂は、半沢と逆方向に歩《ほ》を進めた。

一時間が過ぎても、白石は姿を見せない。奈穂たちは、さらに四十分ほど待ってみた。だが、いっこうに白石は現われない。

「だいぶ揉めてるんでしょうか？」

奈穂は半沢に言った。

「多忙な弁護士が白石の話を長々と聞くとは思えない。とうに追い返されたんだろう」

「でも、このビルには出入口が一カ所しかありませんよ」

「どこかに非常階段があるはずだ」

「ええ、多分ね。しかし、白石が非常口から表に出なければならない理由はないでしょ？」

「ひょっとしたら、彼はわれわれの尾行に気づいたのかもしれないな。だとしたら、非常口から逃げたとも考えられる」

「あっ、そうですね」

「横関弁護士のオフィスに行ってみよう」

半沢が言って、テナントビルの中に足を踏み入れた。すぐに奈穂は半沢に従った。

エレベーターで七階に上がる。横関法律事務所は、エレベーターホールの近くにあった。奥に非常口が見える。

半沢が横関のオフィスのドアをノックした。ややあって、秘書の女性が現われた。

「町田署の半沢と申します。横関先生にお取り次ぎ願いたいんですが……」

「ご用件は？」

「およそ三年前の赤木健太の事件のことで、ちょっと話を聞かせてほしいんですよ」

半沢が言った。女性秘書が奥の所長室に向かった。

一分ほど待つと、横関弁護士がやってきた。テレビで観《み》るよりも若々しい印象だ。

半沢が自己紹介した。奈穂は会釈《えしゃく》だけした。

「赤木健太が殺されたんで、わたしも驚いてるんですよ。まだ若かったのにね」

横関が口を開いた。

「ええ」

「で、もう犯人は逮捕されたんですか？」

「いいえ、まだです。捜査線上に複数の容疑者が浮かんでるんですが、これといった決め手がないんですよ」

「そうなのか」

「先生は、白石護という名に記憶がありますよね？」

半沢が訊いた。

「確か赤木健太が車で撥《は》ねた白石靖さんのお兄さんだったと思うが……」

「ええ、そうです。その白石氏が一時間四十分ほど前に、こちらの事務所を訪ねたはずです」

「いや、きょうは午後の来客はまったくありませんでしたよ」

「ほんとですか？」

「ええ」

横関が言って、大声で女性秘書を呼んだ。

「先生、なんでしょうか？」

「わたしが電話中、白石護という男性が訪ねてきたかな？」

「いいえ」

「午後からの来客はゼロだね？」

「はい、そうです」

女性秘書が一礼し、すぐに下がった。

奈穂は女性秘書の顔をずっと見ていた。ほんの一瞬だったが、彼女の整《ととの》った顔に狼狽の色がさした。

「そういうわけです。それはそうと、白石という男がいまになって、どうしてわたしの事務所を訪ねてくるのか。その理由《わけ》がわからないな」

「先生の従兄に帝都医大で精神科医をなさってる方がいますよね。お名前は菅沼学さんだったかな」

「ええ、そうですが……」

「その菅沼先生が四年前に投資に失敗して、自己破産寸前まで追い込まれたという噂《うわさ》がありましたが、事実なんですか？」

「それは悪質なデマだ。わたしの従兄は、親から相続した青葉台の豪邸で優雅に暮らしてますよ。借金だらけだったら、そんな生活はできっこない」

「何か際《きわ》どい方法で荒稼ぎしたって噂も流れてるようですよ」

半沢が、もっともらしく言った。奈穂は、ひやりとした。

「際どい方法だって？」

「ええ。菅沼先生は、ちょくちょく精神鑑定の依頼を受けてるようですね」

「そうみたいだな、よくは知らないんだが」

「横関さんが弁護を引き受けた赤木健太と衣笠大樹は、どちらも刑事罰を免れてる。二人の精神鑑定をしたのは、従兄の菅沼先生ですよね？」

「そうだが、それがなんだというんだっ」

「大金持ちは身内が何か犯罪で捕《つか》まったら、あらゆる手段を使ってでも、黒いものを白くしたいと考えるんでしょうね。金には魔力があります。誘惑に負けてしまう精神科医がいても、ちっとも不思議じゃない。赤木と衣笠の父親は、ともに資産家です」

「きみは、自分が何を言ってるのかわかってるのかっ。わたしの従兄が虚偽の精神鑑定をしたんじゃないかと仄《ほの》めかしてるんだぞ」

「わたしは、面白い偶然があると申し上げてるだけです。横関さんや菅沼先生が金のために正義感を棄てるような方とは思ってません」

「当たり前だ」

「ただですね、どんな人間も魔が差すことはあると思うんですよ。俗物のわたしなんか、しょっちゅう魔が差してます。すぐに後悔するんですが、つい同じ過ちを繰《く》り返してしまう」

「わたしと従兄が共謀して、赤木や衣笠の精神鑑定を故意に捻曲げたと疑ってるのかっ」

「別に疑ってるわけではありません。生身《なまみ》の人間は誰もそういう過ちをしてしまうことがあるのではないかと申し上げただけです」

「不愉快だ。引き取ってくれ」

横関が眉根《まゆね》を寄せ、ドアを乱暴に閉めた。

「指導係、ちょっとやり過ぎなんじゃありませんか？」

「ああ、少しな。しかし、白石護がここに来たと直感したんで、ちょいと弁護士先生に揺さぶりをかけたくなったんだよ」

「わたしも、そう直感しました。ほんの一瞬でしたけど、女性秘書の表情に狼狽の色が宿《やど》ったんです」

「こっちも、それは見逃《のが》さなかったさ。白石は事務所のどこかに監禁されてるのかもしれない。そうじゃないとしたら、横関に雇われた者に非常口から表に連れ出されたんだろう」

「ええ、そうなのかもしれませんね」

「もう少し横関の動きを探ってみよう」

「はい」

奈穂は気持ちを引き締めた。

3

午後十時を回った。

半沢は覆面パトカーの中から、テナントビルの出入口に視線を当てていた。いつも部下の草刈が使っているスカイラインの車内だ。

研修生の奈穂は午後七時前に寮に帰らせた。半沢は、彼女の代わりに草刈を赤坂に呼んだのである。

その草刈は、横関隆臣法律事務所の入口近くで張り込んでいた。女性秘書は午後八時過ぎに事務所を出ていった。いまオフィスには、横関弁護士しかいないはずだ。

半沢はテナントビルの管理会社に頼んで、防犯カメラの映像をすべて観せてもらっていた。白石護が横関の事務所に入った姿は映像で確認できたが、出てくる場面は映っていなかった。

ということは、まだ白石は横関のオフィス内にいるのだろう。やはり、監禁されているようだ。

白石の安否《あんぴ》が気がかりだったが、裁判所から家宅捜索令状を取ったわけではない。しかも、相手は著名な弁護士だ。迂闊《うかつ》には事務所に踏み込めない。

横関は白石をどうする気でいるのだろうか。

白石の体の自由を奪って、オフィス内で衰弱死させるつもりなのか。だが、それまでに少なくとも数日は要する。その間、依頼人が訪れるにちがいない。

横関は何らかの方法で、白石をどこか別の場所に移す気でいるのではないか。ひとりで白石を担《かつ》ぎ出すことは難しい。弁護士は助っ人の到着を待っているのではないだろうか。

その助っ人は、横関の従兄の菅沼学なのか。それとも、単に金で雇った者が手伝いに来るのだろうか。

半沢はセブンスターに火を点けた。脳裏のどこかで、奈穂の不満顔が明滅した。彼女は最後まで自分と一緒に張り込みを続行したがった。

その意気込みは評価できる。しかし、奈穂は刑事実習生に過ぎない。職階こそ巡査だが、まだ半人前である。

尾行や張り込みには危険が伴《ともな》う。被疑者が逆上して、刃物を振り回すこともある。万が一、研修生に怪我をさせたら、指導係の責任だ。

むろん、警察学校の寮の門限も無視できない。そんなこともあって、半沢は半《なか》ば強引に奈穂を先に帰らせたのである。彼女は自分が足手まといになっていると僻《ひが》んでしまったようだ。

女の子の扱いは難しい。甘やかせば、図に乗るだろう。逆に叱《しか》ると、極端にへこんだりする。それでも、奈穂とペアを組むのは愉しい。

半沢はそう思いながら、煙草の火を消した。

その直後、部下の今井から電話がかかってきた。

「親方、衣笠大樹が入院先で何者かに口許《くちもと》に濡《ぬ》れタオルを押し当てられ、窒息死させられました」

「なんだって⁉　それは、いつのことなんだ？」

「数十分前です。看護師が衣笠の病室を覗《のぞ》いて、死んでることに気づいたんです。非常口のロックが外から解かれてたという話ですから、おそらく犯人は非常階段から院内に侵入したんでしょう」

「そっちは現場に向かってるのか？」

「ええ、そうです。それから、大樹の父親の衣笠総司が一時間半ほど前にオフィスの近くのレストランの駐車場で何者かに頭を撃ち抜かれて即死しました」

「次は、赤木俊男が狙撃《そげき》されるかもしれないな。今井、小杉課長と相談して、すぐに赤木健太の父親の警護に当たってくれ」

「例のグループが衣笠父子を始末して、赤木俊男も葬《ほうむ》る気なんでしょうね」

「いや、その謎の組織はおそらく実在しないんだろう」

「親方、待ってくださいよ。本庁にネットカフェから殺人予告メールが届いてるじゃないですか、正体不明の集団からね」

「そうだったな。しかし、その後、幾日も何事も起こらなかった」

「ええ、そうでしたね」

「殺人予告メールは、おそらく赤木健太を殺した犯人が捜査当局を撹乱《かくらん》させるための小細工《こざいく》だったんだろう」

「つまり、一種のミスリードだったのではないかってことなんですね？」

「そうだ」

「衣笠父子が消されて、赤木健太の父親まで命を狙《ねら》われるということは、精神鑑定とは無縁じゃなさそうだな。ね、親方？」

「今井、なかなか鋭いじゃないか。実はな、白石護が横関弁護士のオフィスに入ったきり、もう六時間以上も出てこないんだ」

半沢は経過をかいつまんで話した。

「親方、白石は横関のオフィスに監禁されてるにちがいありませんよ。白石は、横関弁護士が従兄の菅沼学にいい加減な精神鑑定をさせてたことをストレートに言ったんで、生け捕りにされたんでしょう。あっ、すでに白石が横関に殺された可能性もあるな」

「それはないだろう。弁護士が自《みずか》らの手を汚すとは考えにくいよ。多分、横関は何らかの方法で白石護を気絶させ、ロープか何かで手足を縛ったんだろう」

「そして、殺し屋《プロ》に別の場所で白石を片づけさせる気でいるんでしょうか？」

「おれは、そう推測してるんだ」

「とにかく、横関弁護士が白石護の自由を奪ったことは間違いないでしょう。ということは、横関は菅沼とつるんで、赤木健太と衣笠大樹を心神喪失者に仕立てて刑事罰を免れさせてやったんでしょう？」

「そう考えてもいいだろう。その報酬は三億とか五億といった巨額だったにちがいない」

「そうでしょうね。下手を打ったら、横関も菅沼も犯罪者の烙印《らくいん》を捺《お》されることになりますから」

「ああ、そうだな。とにかく衣笠父子を殺した奴が、赤木俊男を始末する恐れがあるんだ。今井、急いでくれ」

「わかりました」

今井が通話を切り上げた。

半沢はいったん電話を切って、草刈のポリスモードを鳴らした。電話はすぐ繋《つな》がった。半沢は今井から聞いた話を詳《くわ》しく部下に伝えた。

「親方、横関と菅沼は相談して、殺し屋に赤木健太を葬らせたんじゃありませんか？」

「殺しの動機は？」

「赤木健太は自分の精神鑑定がいんちきだったことに勘づいて、父親を問い詰めたんではありませんか。赤木俊男は詰問され、息子が刑事罰を受けずに済む方法はないものかと横関弁護士に相談したことを明かした。それで赤木健太は横関と菅沼の弱みを知って、二人を強請《ゆす》ったんじゃないですか」

「草刈、赤木健太は事業家のひとり息子だったんだぞ。その気になれば、父親にいくらでも無心できただろう」

「あっ、そうですね。しかし、赤木健太は継母の姿子の手前、少しは才覚があるところを見せたかったんじゃないのかな。で、健太は横関と菅沼から脅し取った金で、何か商売をはじめる気でいた」

「横関と菅沼は脅迫者を野放しにしといたら、自分たちは骨までしゃぶられるかもしれないと考え、殺し屋《プロ》に赤木健太を片づけさせた？」

「ええ、そうなんでしょう。そう考えれば、衣笠父子が殺害されて、白石が横関の事務所から出てこないことの説明がつくでしょ？」

「おれは、赤木健太の事件《ヤマ》には横関も菅沼も関与してない気がしてるんだ」

「職人刑事《デカ》の勘ですか」

「それだけじゃないんだ。どうも気になる人物がいるんだよ」

「それは誰なんです？」

「まだ具体的な名前は言えないんだ、物的証拠を摑《つか》んだわけじゃないんでな。だが、その彼の行動に不審な点がある」

「たとえば、どんなことです？」

「わざわざ手がかりを提供してくれたり、研修生の伊織に接近して、こちらの捜査状況を探ってた気配がうかがえるんだ」

「そこまで喋ったんだから、そいつの名前を教えてくださいよ」

「いや、それはまずい。おれはもちろん、おまえもよく知ってる人物なんでな」

「まさか警察官《サツカン》じゃないですよね？」

「そうではないが、びっくりするような人物だよ。それはともかく、本社の志賀警部たちはまだ結城智史を釈放してないのか？」

「あれっ、今井さんから聞いていませんか。結城は、きょうの夕方、釈放《パイ》になりました」

「そうか。今井の奴、報告し忘れたな」

「ええ、そうなんでしょう。鳩山署長が捜一の課長に別件の任意同行は困ると抗議したんですよ。志賀と月岡はぶつくさ言いながらも、結城を自宅に帰らせたんです。でも、あの二人は結城に張りついてるようですよ。無駄骨を折るだけなのに、ご苦労なことだ」

「その後、横関のオフィスに何も動きはないんだな？」

「ええ。横関がどこかに電話をした様子もありません」

草刈が答えた。

「そうか。横関は日付が変わってから、白石譲をどこかに連れ出す気なのかもしれない。午前二時、三時になれば、オフィス街に人気《ひとけ》は完全に消えるだろうからな」

「ええ、そうでしょうね」

「午前二時になったら、ポジションを替えよう」

半沢は先に電話を切った。

それから彼は、覆面パトカーを十メートルほど後退させた。同じ場所に長いこと車を駐《と》めておくと、どうしても怪しまれやすい。できることなら、あと十五メートルは退がりたかった。

しかし、そこまで後退したら、テナントビルの表玄関が見えなくなってしまう。十メートルほど退がったのは、いわば気休めだった。

今井から連絡が入ったのは午前一時過ぎだった。

「ついさっき、玉川学園の赤木宅に押し入ろうとした不審者の身柄《ガラ》を押さえました。そいつはコルト・ガバメントを隠し持ってました。衣笠総司は、コルト・ガバメントで撃たれてたんです」

「身許は判明したのか？」

「ええ。難波和弘《なんばかずひろ》、三十六歳です。二年前に博多の九仁会岩佐組《きゅうじんかいいわさぐみ》を破門されてからは、ネットで〝裏便利屋〟と称して危《ヤバ》い仕事を請け負《うお》ってたようです」

「前科歴は？」

「二十代前半に殺人未遂と傷害で、それぞれ服役してます。それで、難波は衣笠父子を殺害したことは自白《ウタ》ったんですが、動機や背後関係については黙秘してます。それから、赤木俊男も射殺する気でいたことは認めました」

「おそらく横関か、菅沼に金で雇われたんだろう」

「そうなんでしょうね」

「難波の住所は？」

「不定です。ビジネスホテルやウィークリーマンションを転々としながら、非合法な仕事をこなしてたみたいですね。叩《たた》けば、埃《ほこり》が出るでしょう」

「今井、できるだけ穏《おだ》やかに取り調べをするんだ。裏社会で生きてきた奴らは怒鳴れると、必ず反抗的になる。親兄弟のことを話題にして、難波の気持ちをほぐすんだ。特に、おふくろさんのことを多く話してくれ。どんな荒くれ男でも、母親のことを持ち出されると、しゅんとするもんだよ」

「わかりました」

「それから難波に離婚歴があって、子供がいたら、その子のことを多く語らせろ。別れた女房は憎んでても、わが子には済まないことをしたという思いは残ってるだろう」

「親方は、人間の裏表を多く見てきたから、落としの名人と呼ばれるようになったんでしょう。親方のテクニックは直《じか》に見せてもらってますから、うまくやりますよ」

「頼んだぞ」

半沢は通話を切り上げた。

それから七、八分が過ぎたころ、草刈から電話連絡があった。

「いま二人の若い男が非常口から入ってきて、横関の事務所に入っていきました」

「そうか。電話を切らずに、動きを報告してくれ」

「わかりました」

会話が中断した。

半沢は耳に神経を集めた。数分が流れ、ふたたび草刈の声がした。

「いま、二人の男が寝袋を担いで事務所から出てきました。白石は寝袋の中に入れられてるようですが、まったく動きません。もう殺されてるのか」

「あるいは、気絶させられてるのかもしれないぞ」

「そうですね。あっ、横関も出てきました。背広の上にウールコートを羽織《はお》ってますから、二人の男と行動を共にする気なんだと思います」

「三人は、非常口に向かってるのか？」

「ええ、そうです」

「草刈は三人の後を尾《つ》けてくれ。おれは車をビルの裏に回しておく」

「了解！　いったん電話を切りますね」

「そうしてくれ」

半沢はポリスモードを懐に戻すと、すぐさま覆面パトカーを発進させた。テナントビルを回り込み、裏通りに入る。

テナントビルの非常階段の昇降口の近くに真珠色のエスティマが見えた。半沢はエスティマの後方にスカイラインを停め、手早くヘッドライトを消した。

待つほどもなく、二人の男が姿を見せた。銀色とオレンジ色の派手な寝袋を担《かつ》いでいる。それは、エステイマの車内に入れられた。

若い男たちが運転席と助手席に坐り、横関は助手席の真後ろに腰を沈めた。エスティマが急発進した。

尾灯が小さくなったとき、草刈がスカイラインに駆け寄ってきた。半沢は草刈が助手席に乗り込むと、覆面パトカーをスタートさせた。

エスティマは裏通りをたどって、青山通りに出た。向かったのは渋谷方面だった。

白石を目黒区青葉台にある菅沼の自宅に運ぶのだろうか。医者なら、麻酔薬も筋弛《きんし》緩剤《かんざい》も入手できる。横関たち二人は白石を薬殺してから、死体をどこかに遺棄するつもりなのかもしれない。

半沢はエスティマを追った。

だが、予想は外れた。エスティマは渋谷から玉川通りを進み、やがて東名高速道路に入った。

「横関は、どこか山の中で白石を二人組に殺させる気なんじゃないのかな」

　助手席で、草刈が言った。

「そうなのかもしれない」

「あの二人組、飛び道具を持ってないだろうな。こっちは丸腰ですからね。親方も、シグ・ザウエルＰ230ＪＰは署の保管庫の中に入れっぱなしなんでしょ？」

「ああ。なるべく拳銃は携帯しないほうがいいからな」

「そうですね。持ってれば、どうしても拳銃に頼りたくなりますからね」

「撃っても、撃たれても気持ちのいいもんじゃない。拳銃なんか使わずに犯人を逮捕するのがベストだよ」

　半沢は運転に専念した。

　高速道路は上《のぼ》り車線も下《くだ》り車線も空いていた。エスティマは右の追い越しレーンを疾駆《しっく》している。

　半沢は一定の車間距離を保《たも》ちながら、エスティマを追尾しつづけた。

　エスティマは静岡県の三ヶ日《みっかび》ＩＣ《インターチェンジ》で降り、国道三六二号線に入った。浜名湖の支湖である猪鼻湖《いのはなこ》を半周し、奥浜名湖駅の先の別荘の敷地に吸い込まれた。

「菅沼って表札が出てます。横関の従兄の別荘なんでしょう」

「精神科医の菅沼は、別荘の中にいるようだな。草刈、行くぞ」

半沢は覆面パトカーを別荘の少し手前に停止させ、すぐさま腰を浮かせた。草刈もスカイラインから降りた。

二人は菅沼のセカンドハウスの敷地に走り入った。ちょうど車寄せのエスティマから二人の若い男が寝袋を取り出したところだった。横関はポーチで、白髪《しらが》混じりの中年男性と何か話し込んでいた。従兄の菅沼だろう。

「警察だ」

草刈が言って、二人の若い男を両手で引っ摑んだ。

「おい、なんの真似《まね》なんだっ」

横関が半沢に声をかけてきた。

「横にいらっしゃるのは、帝都医大病院精神科医長の菅沼先生ですね？」

「そうだが、いったい何なんだっ」

「あなた方お二人は、寝袋の中にいる白石護さんをどうするつもりだったんです？」

「何を言ってるんだ⁉」

「もう遅いんですよ。〝裏便利屋〟の難波は赤木邸に忍び込みかけて、緊急逮捕されましたから。ちょっと寝袋の中を見せてもらいます」

「断る。刑事だからって、勝手に私物を検《しら》べる権利はないぞ」

「もう観念しなさいよ」

半沢は寝袋に走り寄り、ファスナーを一気に開いた。白石護が小さな寝息を刻んでいた。

「麻酔薬は、従兄から入手したんでしょ？」

「おたくは何を言ってるんだっ。こっちは法律のプロなんだぞ。証拠も令状もないのに、わたしを犯罪者扱いして、それで済むと思ってるのか！」

「獄中で、わたしを罵《ののし》ってくれ」

「な、なんて言い種《ぐさ》なんだっ」

「あんたとは、まともな会話ができないようだな」

　半沢は横関に言って、かたわらの菅沼を見据《みす》えた。横関が顔を背ける。半沢は菅沼に厭みを浴びせた。

「優秀な精神科医も借金地獄から抜け出したくて、つい金の魔力に負けてしまったようですね」

「えっ⁉」

「先生は従弟の横関弁護士に焚《た》きつけられて、精神障害のない赤木健太と衣笠大樹を心神喪失と鑑定し、それぞれの父親から巨額の謝礼を貰《もら》ったんでしょ？」

「失敬な男だな。わたしは、これでも多少は知られた精神科医だぞ。金のために精神鑑定を曲げるなんてことは絶対にない！」

　菅沼が息巻《いきま》いた。

　そのとき、半沢の上着の内ポケットで刑事用携帯電話《ポリスモード》に着信があった。発信者は今井だった。

「たったいま、難波が全面自供しました。やはり、横関と菅沼の二人に頼まれて難波は衣笠父子を殺し、赤木俊男も始末する気だったそうです。成功報酬は一件につき一千万円で、着手金の五百万はすでに受け取ったということでした」

「今井、お手柄だな」

「親方のアドバイス通りに、おふくろさんのことを話題にしたら、難波の奴、泣きながら……」

「殺し屋も人の子だったわけだ。赤木健太に関しては、どう供述してる？」

「絶対に殺してないと言い張ってます」

「多分、その通りなんだろう。こっちも、横関と菅沼の両先生を追い込んだ。詳しい話は後でな」

　半沢は電話を切り、横関に顔を向けた。

「いま、おたくたち二人が雇った殺し屋の難波が署の取調室で全面自供した」

「えっ」

「もう言い逃《のが》れはできないぞ。なぜ難波に衣笠大樹、衣笠総司を殺害させ、さらに赤木俊男まで始末させようとしたんだ？」

「…………」

「黙秘権を行使するってわけか。いいだろう。赤木健太があんたたち二人の弱みにつけ入りそうだったんで、早目に不正な精神鑑定を知ってる者を抹殺する気になったわけか。そうだとしたら、赤木健太も別の殺し屋《プロ》に葬らせたんじゃないのか？」

「赤木健太の事件には、われわれはまったく関与してない。彼に脅迫された事実はないんだ。それどころか、健太はわれわれが彼の父親から三億円の謝礼しか貰わなかったことを気の毒がって、さらに一億円ずつ赤木俊男氏に要求しろとさえ……」

「衣笠総司からも、三億円の謝礼を貰ったんだな？」

「ああ」

「虚偽の精神鑑定をしたのは、その二件だけじゃないんだろう？」

「ほかにも六件ほど……」

「あんたたち二人は総額で、いくら儲けた？」

「十四億円だよ。従兄ときれいに折半したんだ。八件の不正鑑定のことを白石護が嗅《か》ぎつけたんで不正鑑定のことが表沙汰《おもてざた》になると思って、われわれは気が進まなかったんだが、〝裏便利屋〟の難波を雇って……」

「そういうことか。白石護の口は、自分らで永久に塞《ふさ》ぐことになってたわけだな？」

「従兄が別荘の中で、白石の血管に注射器で空気を送ることになってたんだ」

「隆臣、やめろ！　言わないでくれーっ」

菅沼が従弟に言って、両手で耳を塞《ふさ》いだ。精神科医は全身を震わせていた。

「もう終わりだ」

横関が呟《つぶや》き、ゆっくりと頽《くずお》れた。

「応援を要請しよう」

半沢は懐に手を突っ込んだ。

4

刑事課の空気は張り詰めていた。

本庁捜査一課と所轄の刑事たちが三つの取調室を出たり入ったりしている。取り調べられているのは実行犯の難波和弘、殺人教唆《きょうさ》容疑の横関隆臣、同じく菅沼学の三人だった。

名のある弁護士や精神科医が人の道を外してしまうとは、世も末だ。半沢係長が今《け》朝《さ》教えてくれたことは事実だったのか。

奈穂は長嘆息した。

横関と菅沼はそれぞれ七億円の裏金と引き換えに、人生を棒に振ることになってしまった。二人とも取調室の中で、強く後悔の念に駆られているにちがいない。

衣笠父子を殺し、赤木俊男の命も狙っていた難波和弘はたった五百万円の着手金を手にしただけだった。その代償として、おそらく無期懲役刑を受けることになるのだろう。貧乏くじを引かされたと心の中でぼやいているのではないか。

横関に頼まれて白石護の遺体を棄てる役を引き受けた二人の若い失業者は、不起訴処分になるかもしれない。それでも、心にはしばらく負い目が残るだろう。

奈穂は自分の机の上を片づけながら、視線を延ばした。

半沢係長は今井と並んで応接ソファに腰かけ、白石護から事情聴取中だった。

「赤木俊男は、横関弁護士に三億円で息子の健太を心神喪失者にしてほしいと頼んだことを認めたんですか？」

奈穂は机越しに草刈に訊いた。

「ああ、認めたよ。だから、横関と菅沼の不正は立件できる。それから、殺人教唆もね」

「横関と菅沼は白石護さんの口を封じようとしてたわけだから、殺人未遂容疑も適用されるんでしょ？」

「それが微妙なんだよ。押収した菅沼の鞄《かばん》の中には、間違いなく注射器セットが入ってた。しかし、それだけで菅沼たち二人に殺意があったとは立証できないんだ」

「でも、半沢係長の話だと、横関たちは白石さんの血管に空気を入れて殺すつもりだったと別荘で言ってたんでしょ？」

「おれも親方からそう聞いたよ。しかしね、横関も菅沼も取り調べがはじまってからは白石護を別荘の中で痛めつけようと考えてただけで、殺意はなかったと供述を変えてるんだ」

「狡《ずる》い奴らね」

「そうだな。二人とも、少しでも自分らの罪を軽くしたいと考えたんだろう」

「横関たちは白石さんの件では、拉致《らち》監禁罪にしか問われないんですか？」

「最悪の場合はな。しかし、警察も検察もそんな言い逃れを鵜呑《うの》みにはしないさ。証言や物証を固めて、殺人未遂に持っていくことになると思うよ」

「ぜひ、そうしてほしいわ。それはそうと、横関と菅沼が赤木健太殺しには関わってないという供述は信じてもいいんですかね」

「衣笠父子を殺した難波にその点をしつこく訊いたんだが、横関たちに赤木健太殺しを依頼された事実はないと主張してるんだよ。それから、事件当日、難波にはアリバイがあったんだ」

「そうなんですか」

「赤木健太が歩道橋の階段から突き落とされたころ、難波は岡山の倉敷市内で闇《やみ》金融業者の代理回収をしてたんだよ」

「ほかの殺し屋に赤木健太の始末を頼んだ可能性もあるんじゃないのかしら?」

「捜一の連中と一緒にその点も追及したんだが、疑わしい点はなかったんだ」

草刈が言って、煙草に火を点けた。

「白石護さんが赤木健太殺しに関与している疑いは?」

「さっき堀切さんとおれが白石護の事情聴取をざっとしたんだが、どうもシロのようだな。アリバイは依然として成立してないんだが……」

「本庁に送りつけられた殺人予告メールについては、どんなふうに供述してるんですか?」

奈穂は矢継《やつ》ぎ早《ばや》に訊いた。

「白石は『飲酒運転事故被害者の会』の集会で過激な発言をしたことや庄司たち十数人に会を脱《ぬ》けさせたことは認めてるんだが、問題の殺人予告メールは送信してないと言い張ってる。むろん、不穏なグループの結成もしてないと供述してるんだ」

「だけど、彼は庄司敦夫と一緒に衣笠宅の石塀に過激な落書きをしているんですよ」

「そのことについては、つい感情的になって、脅し文句を書いてしまったと言ってる」

「そうですか。白石護さんも無実だとしたら、本件は振り出しに戻ってしまったわけですね」

「そういうことになるな。しかし、親方は赤木健太殺しの真犯人《ホンボシ》に見当をつけてるみたいだよ。ただ、まだ確証がないとかで、そいつの名は教えてくれないんだ」

「実は、わたしもちょっと怪しいなと思ってる人物がいるんです」

「それは誰なんだい？」

草刈が身を乗り出してきた。奈穂は東都日報の下条記者の名を口走りそうになったが、すぐに思い留《とど》まった。まだ推測の域を出ていない。

「個人名を挙げることにためらいがあるんだったら、それは教えてくれなくてもいいよ。ただ、どんな点が怪しいと感じたのか言ってくれないか」

「わかりました。赤木健太が死んだ日、わたしが半沢係長と金森の現場に駆けつけたとき、その彼が野次馬《やじうま》の中から現われたんですよ」

「そいつは黒いキャップを目深《まぶか》に被《かぶ》って、同色のコートを着てたのか？」

「いいえ、帽子は被っていませんでした。それから、コートの色は確かオリーブグリーンだったわ」

「それなら、犯人の着衣と異《こと》なるな」

「ええ、そうですね。でも、後日、その彼は黒いコートを着てました。袖口《そでぐち》や襟《えり》元から裏地《うらじ》が覗いてたんですが、色はオリーブグリーンだったんですよ。表地《おもてじ》も裏地も同じようにコーティングされて、風合いも同じような感じでした」

「要するに、リバーシブルのコートだったんじゃないかってことだな？」

「ええ、そうです。彼は犯行時には黒い色のほうを表にして、その後、コートを裏返しにし、事件現場の様子をうかがいに来たんじゃないかと推測したんです。警察学校で、犯人は事件現場に舞い戻るケースが少なくないと教わったことが頭に残ってたんですよ」

「そう。リバーシブルのコートで別人に見せかけるってトリックは幼稚だが、案外、効果があるのかもしれないな。他人の服装を見た場合、デザインよりも色のほうが強く印象に残るから」

「ええ」

「そいつの靴のサイズは、二十六センチだったのかな？」

「それは未確認です。でも、その彼はわたしに接近してきて、わざわざ殺人予告メールとおかしな集団のことを教えてくれたんです」

「なんだって、そんなことをしたのか。捜査の目を自分から逸《そ》らしたかったとしか考えられないな」

「そうなんだと思います。その後も、その彼はもっともらしい理由をつけて、このわたしに接近してきました」

「捜査当局の動きを探りたかったんだろうな」

「ええ、多分ね」

「そいつは警察官か、報道関係者だな。そうなんだろ？」

「ノーコメントということで、勘弁してください」

「いったい誰なんだろう？」

草刈が考える顔つきになった。

そのとき、奈穂は半沢に呼ばれた。応接ソファセットから白石護の姿は消えていた。今井も見当たらない。

奈穂は机を大きく回り込んで、ソファセットに歩み寄った。

「ちょっと坐ってくれ」

半沢が目の前のソファに視線を当てながら、暗い表情で言った。奈穂は無言でうなずき、半沢と向かい合った。

「白石護の話によると、彼は東都日報の下条君にちょくちょく尾行されてたというんだ」

「ほんとですか⁉」

「ああ。下条君の行動には何か不審なものを感じてたんだよ。手がかりの提供、それから伊織巡査の自宅を訪ねての取材……」

「実は、わたしも下条さんのことで引っかかってたことがあるんです」

「詳しく喋ってくれないか」

半沢が促《うなが》した。奈穂は、下条が着ていたリバーシブルコートのことを話した。

「片面が黒で、片面がオリーブグリーンのリバーシブルコートか。きみが推測したことは正しいのかもしれない」

「それじゃ、指導係も下条記者が赤木健太を歩道橋の階段から突き落として死なせたと考えているんですね？」

「状況証拠から、その疑いがあることは否定できないな。それから、例の殺人予告メールを本庁に送りつけたのも彼なんだろう。これから、東都日報東京本社に行ってみよう。下条君の過去に何かあるはずだ」

半沢が勢いよく立ち上がった。奈穂はいったん自分の席に戻り、コートを小脇に抱えた。

二人は覆面パトカーで、千代田区竹橋にある新聞社に向かった。午後二時過ぎだった。小一時間《こ》で、東都日報東京本社に着いた。地下駐車場にスカイラインを預け、二人は一階の受付ロビーに上がった。

半沢が身分を明かし、社会部のデスクとの面会を求めた。二人はエントランスホールの奥にある応接ロビーのソファに導《みちび》かれた。

数分待つと、デスクの井出毅《いでたけし》がやってきた。四十五、六歳で、シャープな風貌《ふうぼう》だった。

半沢と井出は名刺を交換し、向かい合った。奈穂は半沢の隣に腰かけた。

「唐突な質問ですが、過去一、二年の間に下条君の親しい方が亡《な》くなったことはありますか？」

半沢が本題に入った。

「一年あまり前に下条の婚約者だった女性が調布市内で轢き逃げされて、内臓破裂で亡くなってますね。確か三谷理沙《みたにりさ》って名で、調布ケーブルテレビのディレクターをやってた女性ですよ。下条より四つ年下だったと思います」

「轢き逃げ犯は？」

「まだ逮捕されてません。事件は深夜一時過ぎで、目撃者はいなかったようです。現場にタイヤ痕はなかったという話でしたから、犯人は相当酔っ払って車を運転してたんでしょうね。当然、衝撃は感じたんでしょうが、犯人は怖くなって、そのまま車で逃げたと思われます」

「下条君は、フィアンセの事件を自分でも調べたんでしょうね？」

「詳しいことはわかりませんが、管轄の調布署にちょくちょく通ってたという話は多摩支局長から聞きました。しかし、結局、犯人を突きとめることはできなかったようです」

「そうですか」

「下条が何か事件に巻き込まれたんですね？」

井出が訊いた。

「別にそういうわけではないんですよ。もう一つ確かめさせてください。井出さんは、下条君に殺人予告メールを警視庁に送りつけた謎のグループのことを話したことがありますか？」

「えっ、なんの話なんです⁉」

「もう結構です」

「下条がわたしを何かで陥《おとしい》れようとしたんですか？」

「いいえ、こちらの勘違いでした。お忙しいところを申し訳ありませんでした」

半沢が井出に言って、奈穂に目配せした。

奈穂はすぐさま立ち上がった。二人は階段を使って、地下駐車場に降りた。

「調布署に行ってみよう」

半沢が慌《あわ》ただしくスカイラインに乗り込んだ。奈穂は急いで助手席に坐った。

調布署に着いたのは午後四時過ぎだった。

半沢が交通課長に挨拶《あいさつ》し、一年ほど前の轢き逃げ事件の事件簿の閲覧《えつらん》を申し入れた。それは快諾《かいだく》された。

二人は別室で、事件簿に目を通した。

三谷理沙が撥ねられた瞬間を目撃した者は皆無だった。だが、現場に落ちていた塗《と》膜片《まくへん》から加害車輛は判明した。白のマスタングだった。米国車だ。

交通課の面々はディーラーのデータから、当該《とうがい》車輛の所有者が町田市玉川学園在住の赤木健太であることを割り出した。任意同行を求められた赤木は、事故の前日にマスタングが路上で盗まれたと供述している。さらに事件当夜は、町田市内のスナックで友人ら三人と飲んでいたと主張した。友人や飲食店関係者の証言も添えてあった。

そんなことで、赤木健太は捜査線上から消えたようだ。だが、下条は独自に赤木のアリバイを崩したのではないだろうか。

そして、彼は事件当日、赤木健太に友人や飲食店関係者に嘘の証言を強《し》いたのではないかと詰問したのかもしれない。奈穂は、自分の読《よ》み筋《すじ》を半沢に語った。

「こっちも、そう考えてたんだ。三谷理沙の遺族に会ってみよう」

半沢が被害者宅の住所を手帳に書き留《と》めた。

二人は事件簿を返すと、急いで調布署を出た。調布市の外れにある被害者宅に向かう。

三谷理沙の両親の住む家は、建売住宅のようだった。半沢がインターフォンを鳴らすと、五十代半ばの上品な感じの女性が応対に現われた。理沙の母親だった。

半沢が下条とは個人的にも親しくしていることを明かし、さりげなく核心に触《ふ》れた。

「下条君は、白いマスタングの持ち主である赤木健太のアリバイを崩したんでしょ?」

「友人たちは赤木に嘘の証言を強要された事実はないと口を揃えたらしいんですが、スナックのマスターは娘の理沙が轢き殺された夜は赤木健太は一度も店に現われなかったと証言してくれたそうです」

「それは、いつのことなんです?」

「三週間ぐらい前です。それまで下条さんは毎晩のように『キャッスル』というスナックに通って、マスターに真実を語ってほしいと繰り返したようです。それで、ついに相手が根負けして……」

「そうですか」

「先日、赤木健太が死んだという記事が新聞に載《の》っていましたが、まさか下条さんが娘を成仏《じょうぶつ》させるために早まったことをしてしまったんじゃないですよね」

「仮に下条君が赤木健太の死に関わりがあったとしても、おそらく過失致死だったんでしょう」

「やっぱり、下条さんが……」

理沙の母親が両手で顔面を覆《おお》い、その場に泣き崩れた。痛々しかった。思わず奈穂は視線を外した。

「ご協力に感謝します」

半沢が三谷宅から離れ、スカイラインに足を向けた。奈穂は小走りに半沢を追って、覆面パトカーの助手席に坐った。

「これから、東都日報多摩支局に向かう。下条君を割り出せたのは、きみのおかげだ。リバーシブルコートの話を聞いて、彼に対する疑惑が動かぬものになった。逮捕術の心得は忘れてないな?」

「ええ、でも……」

「きみが下条君に手錠を掛けろ」

「そんなことはできません。わたしは、ただの研修生なんですから。それに、赤木健太殺しの犯人を突きとめたのは半沢係長ではありませんか」

「逮捕は刑事実習の仕上げだよ。体験できる研修生は、めったにいない。ラッキーなことじゃないか」

半沢が腰に手をやって、自分の手錠を取り出した。奈穂は両手で手錠を受け取ったが、困惑するばかりだった。

「下条君が逃げる素振りを見せなかったら、決して手錠は取り出さないでくれ。いいな？」

「わかりました」

「気が重いが、刑事の務めは果たさないとな。それにしても、因果な商売だ」

半沢が嘆きながら、スカイラインを静かに発進させた。

二十分そこそこで、多摩市内にある東都日報多摩支局に着いた。三階建ての小さなビルだった。

半沢が支局の玄関前に覆面パトカーを停めると、中から下条が姿を見せた。半沢につづいて、奈穂もスカイラインから出た。片手で手錠を押さえながら、下条に近づく。

「いずれ半沢さんが来ると思ってました。言い訳に聞こえるでしょうが、赤木健太を殺すつもりはなかったんです。あいつに婚約者の理沙を轢き殺したことを白状させたくて、つい手に力が入ってしまったんですよ。それから捜査当局を混乱させる目的で、警視庁に架空の組織名を使って殺人予告メールを送信したことも認めます。お騒がせしました」

下条が言って、両手を揃えて前に突き出した。半沢が下条の両腕を下げさせ、奈穂を見て首を横に大きく振った。

奈穂はうなずき、手錠を背の後ろに隠した。

もうじきタイムアップだ。

あと十分足らずで、奈穂の研修は終わってしまう。半沢は朝から、ずっと一抹《いちまつ》の寂しさを味わっていた。

わずか一カ月のつき合いだったが、別れが惜《お》しい。一週間前に下条記者を過失致死で送検できたのは奈穂がいたからだ。

小杉課長と強行犯係の部下に礼を述べた研修生が自分の席にやってきた。半沢は、まともに奈穂の顔を見ることができなかった。

「指導係には特にお世話になりました。ありがとうございました」

奈穂が斜め後ろに立って、深々と一礼した。

「あっという間に一カ月が過ぎてしまったな」

「そうですね。でも、わたしはたくさんのことを学ばせてもらいました」

「こっちも、いろいろ勉強させてもらったよ。ありがとうな」

「そ、そんな。半沢係長、わたし、さよならは言いません。わたしたちの仕事は、ちょくちょく異動があると聞いています」

「若いうちは、あちこち所轄を回されるもんだよ」

「ええ。いつか町田署に配属になるかもしれません。だから、別れの挨拶はしないことにしたんです。半沢係長の下で働けるときが来ることを祈って、ひとまず引き揚げます」

「いつか会えるといいな」

「はい」

「元気でな」

半沢は右手を差し出した。

奈穂が強く握り返してきた。柔らかな手だった。

「それじゃ、みなさん、失礼します」

奈穂が居合わせた人々に一礼し、出入口に向かった。

半沢は大きな拍手で奈穂を送った。部下たちが一斉《いっせい》に手を叩きはじめた。

拍手は、なかなか鳴り熄《や》まなかった。

本書は二〇一六年五月に廣済堂出版より刊行された『逮捕前夜　刑事課強行犯係』を改題し、大幅に加筆・修正しました。

本作品はフィクションであり、実在の個人・団体などとは一切関係がありません。

文芸社文庫

新米女刑事

二〇一九年六月十五日　初版第一刷発行

著　者　南英男
発行者　瓜谷綱延
発行所　株式会社　文芸社
〒一六〇－〇〇二二
東京都新宿区新宿一－一〇－一
電話　〇三－五三六九－三〇六〇（代表）
〇三－五三六九－二二九九（販売）
印刷所　図書印刷株式会社
装幀者　三村淳

ISBN978-4-286-21019-3